U0552018

诗人散文丛书

黄礼孩◎著

美在转身之际

河北出版传媒集团
花山文艺出版社
河北·石家庄

图书在版编目（CIP）数据

美在转身之际 / 黄礼孩著. -- 石家庄：花山文艺出版社，2023.11
（"诗人散文"丛书 / 霍俊明，商震，郝建国主编）
ISBN 978-7-5511-6443-6

Ⅰ. ①美… Ⅱ. ①黄… Ⅲ. ①散文集－中国－当代 Ⅳ. ①I267

中国国家版本馆CIP数据核字(2023)第017818号

丛 书 名：	"诗人散文"丛书
主　　编：	霍俊明　商　震　郝建国
书　　名：	**美在转身之际**
	Mei Zai Zhuanshen Zhi Ji
著　　者：	黄礼孩
责任编辑：	于怀新　王　磊
责任校对：	李　伟
封面设计：	王爱芹
内文制作：	保定市万方数据处理有限公司
出版发行：	花山文艺出版社（邮政编码：050061）
	（河北省石家庄市友谊北大街330号）
销售热线：	0311-88643299 / 96 / 17
印　　刷：	河北新华第一印刷有限责任公司
经　　销：	新华书店
开　　本：	880毫米×1230毫米　1 / 32
印　　张：	6.375
字　　数：	128千字
版　　次：	2023年11月第1版
	2023年11月第1次印刷
书　　号：	ISBN 978-7-5511-6443-6
定　　价：	42.00元

（版权所有　翻印必究·印装有误　负责调换）

目 录
CONTENTS

◎ 诗歌与人

世界跟我来到这里	/ 003
一首诗是我让它醒着的梦	/ 014
从残缺的世界里辨认出善和光明	/ 027
扎加耶夫斯基：诗是隐藏绝望的欢乐	/ 048
他的荣耀，与自然联系在一起	/ 055
我所知道的恩岑斯贝格	/ 065
每个真正的诗人都是野兽	/ 090
有一天会闪耀	/ 097
朋友要用一生才能回来	/ 104
去增城看东荡子	/ 110
诗歌是绝望底下的微光	/ 113
向略大于整个宇宙的心灵致意	/ 120

达维什：诗歌塑造民族文化身份　　／ 125

◎ 人文与地理

转身之际，而美却停留　　／ 131
澳门的几个瞬间　　／ 140
在澳门与美相遇　　／ 150
佩索阿：怀有"心灵分身术"的
　踱步者　　／ 154
"翡"想者和他的"睹石"之旅　　／ 159
了不起的文学行当　　／ 169
我们在此相遇　　／ 179
一条异质混成的文艺之街　　／ 183
大陆南端的红蓝之境　　／ 187
陇南之行　　／ 192

诗人散文
SHIREN SANWEN

诗歌与人

世界跟我来到这里

诗歌没有性别之分，如果有，也是关乎命名和阐述。美国，一个盛产女诗人的国度，女性写作占据美国半壁江山，从美国现代诗的先驱艾米莉·狄金森到诗歌形式的变革者玛丽安·穆尔、伊丽莎白·毕肖普、西尔维娅·普拉斯，再到安妮·塞克斯顿等诗人，她们的诗歌想象力非凡、语言精准、意象诡异，写出人的全部梦想。她们之后，美国又出现了很多异常杰出的女诗人，比如露丝·斯通、莎朗·奥兹、露易丝·格丽克、丽塔·达夫等，她们彼此并不相似，精致繁复之间又各不同。就像我所知道的丽塔·达夫，她在世界的景象上思考，把个人的、种族的、民族的经历放在人类经验的整体语境下来书写，立体而含蓄，朴素而深刻，多元又回味无穷，一个个眼前的形象或内心的隐喻，经过她的创作技巧，就显山就露水，具有清晰的辨别性，又迈向自由的起跳之处。

丽塔·达夫是一个在自己年轻时就看到自己的传奇的诗人。早在1987年，丽塔·达夫就获得普利策诗歌奖，是有史以来两次荣获"美国桂冠诗人"称号的女诗人。她曾经于1996年和2012年分别从克林顿和奥巴马两位总统手中两次接过"美国人文基金会奖章",她还拥有二十六个博士学位,现为弗吉尼亚大学教授。这些闪烁的荣誉,没有给她造成困扰,因为在过往的岁月里,她一直在写作里探索自我,源源不断地写出了众多优秀的诗篇。

沉溺于文学,倾尽全力写好诗歌,这就是抱负远大的丽塔·达夫,她要写出能力所及的好诗,比如,在《华盛顿邮报》,她写专栏《诗人的选择》,两年下来积累了大量诗篇。这是一项艰难的工作,她像前辈诗人威廉斯一样,"很难/从诗中读到新闻/但每天总有人死得可怜兮兮/因为缺少了/诗里可寻获的东西"(《春天及一切》)。知性和感性让丽塔·达夫获得了巨大的孕育能力,她切身的感受总是长出一双翅膀,当它穿越现实之境,从语言之境出来的是灵魂的状态摆脱了材料的限制。丽塔·达夫把诗歌安置在世俗的新闻里,又跃出新闻的门槛,弥补了诗人威廉斯的缺憾,汹涌的艺术之光闪烁在世界的门外。

1952年,丽塔·达夫出生于俄亥俄州阿克伦一个黑人中产家庭,父亲是美国轮胎行业第一位非裔化学家,母亲为家庭主妇,她还有两个妹妹和一个哥哥。对文字的好奇和敏感,最初来自丽塔·达夫的阅读。父亲书房架子上的书隐藏着人类的梦想和欲望,丽塔·达夫对此充满好奇,想到紧夹在那些封面与封面之间的世界,就像她往返于莎士比亚不同戏剧之间的迷失。我十分惊讶，她的童年具有这样的内心状态，并且一直保持到今天。这几乎是她成为一个重要诗人的秘密之一吧。另一个幸运是，她生长的年代，黑人已经开始民权运动，她听过马丁·路德·金的演讲。她与她的黑人朋友开始以自己的血统为傲，每一个人都留起夸张的发型，穿醒目的衣服，感到世界终于向他们敞开。她已经不像自己的祖辈那样遭受歧视与偏见，她的写作不为废奴主义思想所束缚，也就没有声嘶力竭的控诉；她的文化意识与性别意识转向多元意识，向从容和自由转移，如同恒星之光，照亮美国文学的一角。

丽塔·达夫的诗歌来自社会留存的记忆和生活之上的思索，贴切又敏捷，饶有风致却又不断在添加魅力，内容涉及多种话题，成诗能力异常强大。"诗人努力地尝试，尝试形容一些无法形容的东西。"（《答谢词》）丽塔·达夫懂得区别与转换，在不知不觉之间，让我们看见种族、身份、贫穷、死亡、忧伤、绝望、爱情、记忆、神话、纪念、召唤、生存、时间……这些词语的背后，隐藏着伦理生活和丰盈的心灵，藏着她无限的渴求和勇气、反思与质疑，就像她在《贝琳达的请愿》写到的一样信手拈来："所见的远行人仅为死者／每夜从山岭归来。我怎么可能／知道面如月亮一样的男人／十二年如一日奔向我而来？"诗歌像死亡的月亮，有着冰凉的脸庞，在不同的空间里，思想从有限转向无限，她的怜悯之心在生命的开放之处，使人获得慰藉和生命的温暖。

丽塔·达夫声明自己不是种族诗人，但作为非裔诗人，她不可能没有身份意识，不可能不写黑人的处境和遭遇。他者的痛苦也是她的痛苦，痛苦召唤着她书写的天赋，她把自己的一切都投到写作中来。在编《她把怜悯带回大街上》时，翻译家程佳希望《托马斯与比尤拉》作为完整的部分存留下来。之前，程佳与香港翻译家宋子江翻译了《丽塔·达夫诗选》（《诗歌与人》，2015年9月）。今天，程佳独自译出《托马斯与比尤拉》，其凝练、含蓄、流畅的译诗，让我们看到丽塔·达夫毫不掩饰的天性和对命运忠诚的召唤。我知道，丽塔·达夫凭此诗集获得了普利策诗歌奖，那是她写作十年后收获的重要果实。

《托马斯与比尤拉》可视为丽塔·达夫的家族史，也是美国黑人历史的一个映射。20世纪初，美国南部乡村黑人大迁移到北方工业城市谋生，丽塔·达夫的外祖父母是这支大军中的一分子。随着外祖父的去世，丽塔·达夫萌生了用诗歌记录外祖父母命运的念头，用语言搭建一座回望非裔族群的瞭望塔。这是一个诗人的视角和方向，也是时间抚平一切伤痛时她的收获。在这座语言之塔里，丽塔·达夫把史诗性的装置安排在里面了，引入了可以从中解读的张力。

外祖父去世后，在陪伴外祖母的岁月里，她进入了外祖父母的一生，从生活转向诗歌，那是书写的情感与契机。"前些年／他什么都干过，睡在／各种各样的草上，在星星下，／在月亮的秃眼底下。∥过去睡觉时他像一杯水／端在一个非常年轻的女孩手里。"（《草帽》）睡眠的状态写成这样，这是从来没有过的，不合常规，又如水珠和珍珠一样折射出光彩。生活艰辛，但心灵的自发性如水，端在爱的手上，随时饮出生活的味道。"在家人和警察之间，失业暴民的吼声如一锅沸腾的例汤溅在一条灰色制服上。"(《高架桥下，1932》)对现实的描述就像种植园奴隶的哭喊，丽塔·达夫抽出一个失业的社会形态，突出深邃历史的沉重感。"他快要淹死了，黑暗在他上方吐沫、搅动。"(《北极光》)黑暗是一个隐喻，它是命运从上方吐出的口水，肮脏、恶心、令人窒息。困境远不止于高高在上的侮辱，还有不时提醒身处恐惧中的警报："托马斯想象/妻子醒来，想着他，/敲裂一扇窗。他听见救护警报/拉响/而钥匙在晃荡，嘀嗒嘀嗒。"(《手握方向盘的托马斯》)在诗歌中，不厌其烦地去写普通人的生活、遭遇和心灵史，是因为诗人怀着愤怒、忧伤和爱，所有这一切，均由过去的生存环境与当下诗人的心境一起来完成。

丽塔·达夫写比尤拉更为投入，也许作为外祖母的比尤拉已经是丽塔·达夫的外化，"她笑了，先向上对着基督，然后是托马斯，尽可能礼貌地转过身去。如果是这样，那他就是一山耻辱"(《承诺》)。从结婚写到他们将拥有自己的孩子："外面秋天的树木邋遢，滴答滴答。/过了第七个月她就看不到自己的脚//于是从这间房飘到那间房，家居鞋啪嗒啪嗒，/惊奇地航行在各个角落。当她倚靠着门框//打哈欠时，整个人都灵魂出窍了。"(《经受风雨》)再到比尤拉日常生活之外的内心流露："她拖来一把椅子到车库后面/趁孩子们午睡时小坐一会儿。//有时候有些东西值得看一看——/一只消失的蟋蟀皱缩的甲壳,/一片飘落的枫叶。其他日子/她目不转睛地凝望,直到确定/闭上眼时/只看见自己生动的血。"(《白天的星星》)作为家庭主妇,身心就算再被透支,比尤拉也没有为生活琐事所淹没或者改变,她还有自由的心灵诉求,她总是不时渴望以个体的身份出现,满怀激情地去面对现实人生。这样的书写,游刃有余之际突出了黑人的坚韧精神,就像她写下的:"我听见了翅膀,还有蜘蛛/在被遗忘的神殿中加快了步伐,/摊开已卷好的/一个个悲伤的结,/一个个挂住的坚持。"(《清晨六时后花园》)诗歌在迥然不同之物间行进,写出来一种"自力",它是飞扬的,也是安稳的。

就像丽塔·达夫说的"我已穿过半个地球,奋力穿过花瓣和阳光,只为找到一个适合悲伤的处所"。如果花瓣和阳光不能给诗人一个美好的处所,那么就让悲伤也有一个处于自己不受打扰的空间,哪怕它有着连绵不绝的回响。对外祖母深切的爱,通过自我的转化,诗意就熠熠生辉。

在书写的过程中投入了自身的存在,这不仅仅是爱、怀念、同情、抗争,也有妥协和恐惧,同时伴随着对现实的揭示:"在美国穷人的卧室/用纸糊着庸俗的花朵,/背景上的颜色有油脂,有/茶包,有仿胡桃木。/在世界的另一端/他们正脱去长袍,那上面绣着/玫瑰,玫瑰嘶一声/飘到床边的地板上。/此时,这边,太阳终于敲窗了,/敲得玻璃突然不透明了,/模模糊糊像盾牌。"(《东方女芭蕾舞演员》)写作的目的是摆脱命运的控制，获得新的认识。丽塔·达夫把存在的感知转换成巧妙的想象，复杂的思维和语言的魅力在她那里完成了最大限度的扩充。"我想把说故事的手法带入诗的话语里，因为叙事意味着雄伟，因为单一的抒情根植于个别的片段，无法表达出时间的伸展。但是，叙事诗却又容易陷入单调的转折的措辞。我的解决方法，是把个别的抒情诗一首一首地串联起来，就像项链的珠子一样，重建时间的转折性。就这样，两位长者的一生展露在许多精短却深入的时刻里；他们的故事，以时代精神的宏观为背景，娓娓道来。个人的历史，常常被大历史推到路边，但个人的小历史一样值得保存。"诗歌比自身的命运更迫切，丽塔·达夫在创作谈中表达了自己的观点。

丽塔·达夫不仅仅是一个诗人，也是一个散文作家、小说家和剧作家，她用不同的意识对接不同的问题。无限地变化、调整是她诗歌合理布置的天赋。"头顶上，窗户都铰链成了蝴蝶，阳光闪烁在它们相交之处。/它们在飞向某个点，它真实且未被证明。"这首《几何》的前一部分是对数学逻辑的认知，但后一部分上升到想象力对事物的推动，就像丽塔·达夫无论用什么文体创作，文字的灵魂就像光芒在某个点上交织，内部空间在此延续。真诚的文字并不需要什么来证实，仿佛万事都在暗中互相效力。诗歌在丽塔·达夫那里有着强烈的空间意识，诗歌也是她的预见与想象。"我是陌生国度里的陌生人"（《"我是陌生国度里的陌生人"》），在诗歌书写的世界，丽塔·达夫一直在寻找着她的另一种身份，她作为陌生人在构建一个我们将要步入的陌生国度。当她写作时，她不是一个真实的人，也不是一个虚构的人。遇见丽塔·达夫就好像遇见一首首诗歌，越是阅读与理解，她就越有魅力。

在丽塔·达夫和丈夫一起离开中国的最后一个晚上，我们在一间意大利餐厅交流，她敞开的心扉像冬日里的一台加热器。回想起她这趟诗歌之旅的一些难以忘怀的细节，仿佛人生本身与诗歌一样，充满了意想不到的馈赠。

丽塔·达夫是一个魅力四射的诗人。2015 年，经美国诗人朋友的推荐，我与她建立了联系，并在中秋节前邀请她来广东接受"诗歌与人·国际诗歌奖"的致意，同来的还有她的丈夫、德国籍作家弗雷德先生。在去雷州茂德公鼓城参加颁奖典礼时，我抽空带着她去老家徐闻转了转。她对陌生之地充满了好奇心。游览贵生书院时，她问我雕像为何人。我说，此为1616 年与莎士比亚同年去世的东方戏剧大师汤显祖先生，因上疏弹劾语犯神宗，被贬至中国大陆最南端任徐闻县典史，后在徐闻创办贵生书院，以教化乡梓、开启民智。丽塔·达夫安静听着，我看她眼中闪烁出敬意。她把徐闻文化人陈北跑先生送给她的花献给了汤翁的雕塑，令在场的人为之动容，感到时光交错之处，东西方两颗心灵在无声对话，一如她在耶路撒冷养老院遇见的诗人哈利·泰玛，"每一个在此等候的人都曾爱过"。

徐闻有一条古老的打铁街，还保有传统社会生活的迹象。丽塔·达夫显然对琳琅满目的杂货很感兴趣，她逗留了很久，仔细打量各种事物，就像打量她的词语。遇见一群上学的中学生，当他们知道来的是著名女诗人时，纷纷请求她签名。丽塔·达夫没有婉拒，热情地为他们签名，甚至签在衣服上。丽塔·达夫大概是我见过的对签名有求必应的名诗人。不过，别以为她没有个性，在徐闻闲逛时，当地的朋友似乎为尽地主之谊，善意提醒丽塔·达夫看一些自以为有意思的物品。没想到，她很委婉地对朋友说，她自己会看，会感受，不需要指点给她。一个优秀的诗人，她有她的观察点和兴趣所在，她有自己的观点，不会为别人所左右。这让我想起她的诗歌《户外遐思》："我承认我的身份是个异类：/衣着不当，古怪的习性/与黄蜂和鹩鹨不合拍。/我承认我不懂得怎样/静坐或漫无目的地走动。"丽塔·达夫并没有逃避自己的非裔黑人身份，她是一个什么样的人就写什么样的诗歌。我喜欢丽塔·达夫的个性，她独立、自主，直率而充满力量，不想把一切都固定下来。

丽塔·达夫并不是一个把自己隐藏起来的诗人，而是一个把世界带到身边的人。她的星座是狮子座，霸气和神采在她身上不由自主地散发出来。这让我想起作家朋友林宋瑜对她的描述："丽塔·达夫有着一张典型的美国黑人面孔，不同场合穿着不同的衣裙，总会搭配点儿小碎花，总会掐着腰肢包着臀，走姿婀娜，环佩叮当。起初，我不知道她就是获奖者，也不知道她有多大牌，但她就是气场强大，不仅吸引我，也吸引其他人的目光。"是的，她的灵魂里烙印着狮子座的能量，她自内向外散发的气息打动着所有的人,就像她写的:"你张开嘴,仿佛要说/蝌蚪、鹅卵石/每个词都是一滴甜甜的薄荷酒。/然而打动我的并非你的话,/是你的气息、兴奋、有留兰香。"(《醒》)动人心弦的永远是人的气息,是经过诗歌思想滋养的气息。被丽塔·达夫身上的气息所迷住的不止林宋瑜一人。后来的日子里,导演符文瑜偶尔会提起雷州茂德公鼓城的那场诗歌颁奖典礼,她在舞台之上安排了一张沙发,让丽塔·达夫坐在黑暗中,一束橙色的灯光打在她的身上,她开始朗读自己的诗篇,声音浑厚低沉,清澈而纯粹。那个诗歌现场,数千名观众鸦雀无声,唯有她的声音在暴雨后的晚空飘荡。

"她把袍子/搭在手臂,/抱着赞美诗集,/暂停下来,想起/她母亲一不留神/便迷失在蓝调中,/那些散叶甘蓝/像张着大耳朵,/在唱歌。"(《礼拜日绿调》)丽塔·达夫不断写到音乐,音乐是她除了诗歌之外,披露内心最有效的艺术,是她生活的表白。"如果诗歌不能歌唱,它就不可能是诗歌",在丽塔·达夫那里,蓝调是恰到好处的表达。丽塔·达夫甚至记得马丁·路德·金说过,在表达黑人生活的痛苦、希望和欢乐上,远在作家和诗人担此重任之前,音乐早已扮演了主要角色。音乐就像她的诗歌,是思想和智慧,更是自身独有的体验,她似乎在词与音符之间搭着意念之桥。对于我来说,能亲自听见她的蓝调演唱,是有耳福了。她唱的是《波姬小丝》里的选段,一开声,天生的嗓音扑耳而来,灿烂夺目,又忧伤莫名,在月光下入心入肺,仿佛蓝色的风在她身上有力地吹向每一个心灵的领地，让人感受到她的粗犷与精密，狂暴与温柔，连忧郁也是蓝色的调子。我对她说，如果她在中国的时间长一些，我真想请她进入录音棚，把她的蓝调录下来。

音乐这个意象不断在她的诗歌中出现，"比莉·哈乐黛烧伤的声音里／光与影一样多，哀伤的枝形烛台靠着亮泽的钢琴，／栀子花她的签名，在那张被毁的脸庞下"。在《金丝雀》这首诗歌中，她深深哀悼比莉·哈乐黛，无不伤感。音乐链接了她的诗歌灵魂，就像她说出的："若是不能自由，就成为一个谜吧。"丽塔·达夫具有把自身的状态提升为一种富有生气的智慧。在颁奖的盛典上，她的歌唱，她的宣读，就是上升的羽翼。忽然，我感到自由女神就在我们中间。"世界叫喊着，我回应着，／每一瞥都点燃一个凝望……我给世界一个诺言，／世界跟我来到这里"(《鉴定书》)，她具有伟大的心灵，像她一样，"已经把怜悯带回大街上"。

一首诗是我让它醒着的梦

一、文学奖给了诗歌，感觉非常好

瑞典人托马斯·特朗斯特罗姆获得诺贝尔文学奖后，生活在斯德哥尔摩的中国作家蓝蓝，她说起2011年10月6日这个让人期待的日子的一些细节：下午一点钟整，文学院主席皮特·英格伦德从那扇镶着金边的白色大门走出来，宣布该年度诺贝尔文学奖得主的名字，这是神圣的一刻，是让整个瑞典几乎都屏住呼吸的一刻。蓝蓝说，年年都是叹息声和喝彩声参半的文学院，今年就不同了，当皮特主席读出托马斯·特朗斯特罗姆的名字，是前所未有的一片惊叫和掌声，市区里也到处欢呼雀跃，电视上那些资深的记者和评论家都激动得快要失态了。终于众望所归，特朗斯特罗姆迎来伟大的时间。很多人知道他获奖后，都渴望去听一听他的感想，想了解他的生平和对诗歌创作的见解等，但一切仿佛没有发生似的，诗人因为瘫痪丧失了声音语言，已经不能发声，不能表达自我，除了他通过夫人莫妮卡女士简短的答谢："碰巧由你得到，当然是一个大惊喜，不过文学奖颁给了诗歌这件事让人感觉非常好。"以往文学奖的获得者都得为此接受采访或进行演讲，特朗斯特罗姆大概是仅有的获奖后不能发表演说的诗人吧。如果更早的时候把这个奖给他，或许就不一样了，但没有假设。诺贝尔文学奖在今年把奖颁给他，尽管迟了，但没有像错过博尔赫斯一样错过特朗斯特罗姆，没有错过给属于人类的大诗人颁奖。

二、词语间盛开的奇妙意象

1931年，特朗斯特罗姆生于瑞典首都斯德哥尔摩，1956年在斯德哥尔摩大学获得学士学位，并在该校心理系任职，成为一名心理医生。二十三岁那年，他发表处女作《十七首诗》，轰动瑞典，文史学家扬·斯坦奎斯特评价他："一鸣惊人和绝无仅有的突破。"此后诗人不断写作，到2004年一共写出二百一十多首诗歌。他是一个写得很慢的诗人，他开玩笑说，如果他在中国，会三年写一首诗。三年写一首诗歌肯定比他的同胞来中国用三个星期写一部小说要好得多。因为慢，所以精致，所以有质量，这也是特朗斯特罗姆写作的信条：在缓慢中让每一首诗歌通过词语的炼金术成为一流作品。庞德说过，"一个人与其在一生中写浩瀚的著作，还不如在一生中呈现一个意象"。特朗斯特罗姆是造境大师，他有中国人惜墨如金的秉性，他曾经说过：诗是以一当十的文体，它包容了感觉、记忆、直觉等一切元素……诗歌的对立面是松散的语言，比如发言时滔滔不绝……基于这样的认知，他多数时候着迷于短诗的写作，并在其间盛开多个意象，让崭新之物惊人地出场。他的《复调》就是一首意象缤纷的诗歌："在鹰旋转着的宁静的点下／光中的大海轰响着滚动，把泡沫的／鼻息喷向海岸，并咬着自己的／海草的马勒／／大地被蝙蝠测量的黑暗／笼罩。鹰停下，变成一颗颗星星／大海轰响着滚动，把泡沫的鼻息／喷向海岸。"这里诗意的生成是通过赋予事物人的感官感受，一个事物被当成另一个事物的形象来处理，鹰、光、大海、泡沫、海草、蝙蝠等多个物象在一个空间里转化出多重的意境，物象之间的亲密的关系，带来的是时间内部的一次次脉动。特朗斯特罗姆还是一个善于把所思所见合二为一的诗人，比如他在《舒伯特》一诗中就写道："我们必须相信很多东西，才不至于度日时突然掉进深渊。"这样的诗歌闪耀着诗人的哲思，叫我们在庸常的生活中不至于迷失。

"小说的诞生地是孤独的个人"，套用本雅明的话，诗歌的存在之地总是有着它的异象，而从孤独出发的诗歌是对自己遥远生命的回应，就在回响之间，诗意诞生了。我们来看特朗斯特罗姆的《足迹》："夜里两点：月光。火车停在／平原上。远处，城市之光／冷冷地在地平线上闪烁／／如同深入梦境／返回房间时／无法记得曾经到过的地方／如同病危之际／往事化作几点光闪，视线内／一小片冰冷的旋涡／／火车完全静止／两点钟：明亮的月光，二三颗星星。"这首境遇孤独的诗歌，它亲近又疏离，在起伏之间适时让人进入沉静的梦境。阅读是一个奇妙的旅程，在不同的场合、不同的地域、不同的心境、不同的光线下，阅读作用到心灵上的也是有瞬息万变的体会。在我远没有踏进瑞典那片北欧的土地前，阅读特朗斯特罗姆的诗歌《风暴》："突然，漫游者在此遇上年迈／高大的橡树——像一头石化的／长着巨角的麋鹿，面对九月大海／那墨绿的城堡／／北方的风暴。正是楸树的果子／成熟的季节。在黑暗中醒着／能听见橡树上空的星宿／在厩中跺脚。"它带给我的是异乡人在九月沿着大海边的城堡漫游的陌生意境，但到了瑞典后，诗歌中的物象变得具体起来，比如楸树，它的果实就是叶子，火红的热情燃烧在蓝天之下，一瞬间让人迷失在难言的感动之中，仿佛命运经历风暴之后的平静和黑暗中听到的星星耳语。生活在这片土地上的特朗斯特罗姆，他就这样在写作中注入了全部的生命和人格，我更喜欢他在《果戈理》中写的："此刻，落日像狐狸悄然穿越这土地／刹那间点燃荒草／天空充满了蹄角，天空下／马车如阴影／穿过我父亲电灯的庄园／……／看，黑暗正烙着一条灵魂的银河／登上你的烈火马车吧，离开这世界。"这样激情、力量、思想和感情所共生出来的诗篇，像他《黑色的山》"独裁者的头像被裹在／报纸里。一只酒瓶从一张嘴传向另一张嘴"一样，也是异常出色的，弥漫着批判的勇气和英雄的气息。

三、诗歌是这个秋天芬芳的果实

想想，这样一位写出美妙诗篇的诗人，在他获奖之前，没有多少人知道他的名字和诗歌，如果不是因为他获奖，他也只是中国诗歌界少数人喜欢的诗人。但在别的国家就不同了，特朗斯特罗姆的诗歌被翻译成几十种文字，在欧洲更是为人们所喜欢。欧洲至今还保持着阅读的传统，你在咖啡店、地铁站、酒店、公园等场所都会看到不同年龄段的人群在阅读，他们国家的书店也到处都是。瑞典电台每天中午都会坚持播送一首包括特朗斯特罗姆等诗人在内的诗歌，还付丰厚的稿酬。从全球范围来说，特朗斯特罗姆的获奖是诗歌艺术的胜利，诗歌又一次回归大众的视野、回到它应有的尊贵位置上来。尽管在辛波丝卡获诺贝尔文学奖后的十五年，诺贝尔文学奖才回头看望一眼诗歌，但诗歌一直在人心里。在这个 10 月，阳光灿烂的日子，诗歌成为甜美的果实，它的芬芳终为人们所喜爱。

有人说，由于他的获奖而引发的热潮将迎来一阵模仿之风。优秀的东西都值得去模仿，人类的智慧就在模仿之中获得另一个新的开启。但真正的模仿者在模仿前，他/她已离开。其实，远在特朗斯特罗姆获奖之前已经有人模仿他的写作，就连 1987 年获得诺贝尔文学奖的布罗茨基也说过："我偷过他的意象。"杰出的大师都有个人自我的东西，也就是私人性的气息，别人怎么模仿也是模仿不来的。布罗茨基偷了特朗斯特罗姆的意象，但他写出的作品却异于特朗斯特罗姆，记得瑞典学院给他的颁奖词是这样写的：一种以思想敏锐和诗意强烈为特色的包罗万象的写作。而给特朗斯特罗姆的颁奖理由是：通过凝练、通透的意象，他为我们提供了通向现实的新途径。优秀的写作者在别人那里看到的应是梦的影子，它激发你的感官世界，从而诞生另一个不同面容的世界。诺贝尔文学奖自诞生以来，约有十七位诗人获奖，在过去的岁月里，每一次获奖的诗人都会引起新一轮模仿其写作风格的热潮，但不会诞生第二个写作风格雷同的获诺贝尔文学奖的诗人。诗歌注定是唯一的。

四、我们一起经历世界

特朗斯特罗姆说："我受雇于一个伟大的记忆。"诗歌离不开记忆，因为传统是当代的一部分，是现在和过去共有的呼吸，诗人在做唤醒的工作，在做挖掘的工作，在做连接的工作，为生活在当下。这一切就像他说的："一首诗是我让它醒着的梦。"特朗斯特罗姆在《一个贝宁男人》一诗的最后写道："我来这里是为了/和一个举着灯/在我身上看到自己的人相遇。"诗歌在他那里是相遇，自我与他人、自我与世界，还有自我与自我的相遇，诗人在这样的空间里揭示了世界的神秘。我喜欢这样一点一滴地进入特朗斯特罗姆的世界，就像一个意象奔向另一个意象。我感到自己也是一个守着一盏心灵灯火的人，我在某个地方遇见特朗斯特罗姆先生，把"诗歌与人·诗人奖"颁给这样的大师,是对自己坚持寻找精神明灯的追寻。2010年年底,我通过诗人、翻译家李笠先生告知特朗斯特罗姆先生:我有意向把第六届"诗歌与人·诗人奖"授予他,以表达个人对他精湛诗艺的敬仰。没想到的是,特朗斯特罗姆先生非常高兴地同意了我的想法,并第一时间把答谢词写好传来,令我感动之余看到一个大诗人谦虚的美德。

"诗歌与人·诗人奖"(2014年更名为"诗歌与人·国际诗歌奖")是我2005年设立的一个诗歌奖项,表彰那些在漫长岁月中坚持写作,并越写越好,源源不断推出光辉诗篇的诗人,通过对诗人的推介让更多的人沐浴诗歌精神的光辉,为人类的智慧和心灵的丰盈做出努力。关心《诗歌与人》的朋友知道,《诗歌与人》创办于1999年年底,创刊号推出"70后"诗歌,此后连续推出中间代、完整性写作、女性诗歌等专题,产生了广泛的影响。到2005年,我觉得作为一个民间刊物,它已完成一半,此时的刊物需要注入一些新的元素进来。利用刊物的影响力设立一个国际诗歌奖成为在我内心涌动最多的一个念头。2005年,在诗人姚风的帮助下,我把第一届的"诗歌与人·诗人奖"颁给了葡萄牙诗人安德拉德先生。安德拉德是一位用诗歌去爱的诗人,他的歌唱和行走都是为了在大地扎根,他的诗歌是梦想和自然生命的链接,他的诗歌丰盈了人类的心灵记忆,让大地上可以居住的心勇往直前,正是他润泽人类精神的诗歌,使得他的诗歌呈现出非凡的魅力。第二届"诗歌与人·诗人奖",我颁给了七月派最后一位诗人——

八十七岁的彭燕郊先生。彭燕郊是一位有传奇色彩的诗人，也是一位把美视为宗教的诗人，他的诗歌写出中国知识分子的心路历程，写出了生命的真诚、自信与坚持，苦的折磨和爱的萌生让他的一生更为富有。第三届"诗歌与人·诗人奖"，我颁给了张曙光先生。张曙光是一位有浓重叙事风格的诗人，他的诗歌结构精巧、平稳，语言倾向于沉重感，20世纪50年代出生的人在他的诗歌中会找到那个时代的苦难、荒谬和毁灭。第四届"诗歌与人·诗人奖"的获得者是蓝蓝。蓝蓝是一位对事物保持温度和敏感力的诗人，她的诗歌从她的内心出发，抵达属于自己的天空和大地，她的诗歌呈现出宽阔的视野、奇异的想象、朴素的美感和丰盈的生命力。第五届的"诗歌与人·诗人奖"则由俄罗斯诗人丽斯年斯卡娅获得，她是一个向内的诗人，她的诗歌是她生命的关照和心灵的拯救，她在写作中倾注了独立的人格。她的诗歌直接能在瞬间产生多重的穿透力，很多时候又是一种亲切的倾诉和回旋激荡，她的诗歌一直坚持着她的苦难意识和对抗精神。她在不可避免的困境中迎向正义之光，这使得她在一生的写作中达到了自由的高度。

2011年4月23日，在广州，我把第六届"诗歌与人·诗人奖"颁给了特朗斯特罗姆先生。因先生身体状况不是很好，未能亲临领奖，有些遗憾，但通过李笠从瑞典带来的一部纪录片，我们看到了诗人的风采。如今，特朗斯特罗姆先生获得了诺贝尔文学奖，他之前所获得的"诗歌与人·诗人奖"也得到提升和认同。不过，这更多的是一种巧合，如果有什么是一样的，那就是我们经历了世界，我们与世界有着相同的价值审美眼光。大家知道，诺贝尔文学奖当初设奖时有一条规定，就是获奖者在文学方面曾创作出有理想主义倾向的最佳作品。这一点，"诗歌与人·诗人奖"与诺贝尔文学奖有了瞬间的交汇。没有理想主义激情，我也不会走到今天。多年来，有媒体说我是当代的浮士德，我更觉得自己是堂吉诃德，一个在风中行走的人。

五、特朗斯特罗姆是中国人的亲戚

很庆幸，2011年8月有机会随李笠等人去北欧参加几场诗会。这次瑞典之行，对于我而言重头戏是拜会特朗斯特罗姆，完成内心的隐藏的愿望。特朗斯特罗姆的中文译者李笠对此早有安排。李笠在瑞典生活二十多年，特朗斯特罗姆夫妇与他已经是老朋友了，确切地说是他们把李笠当成了儿子。2009年，蓝蓝、王家新、沈奇等中国诗人曾经去拜访过特朗斯特罗姆，生活在斯德哥尔摩的中国作家万之等人跟他也有很深的交情。特朗斯特罗姆对中国的食物很着迷，他慢慢地品尝着，如同写诗。特朗斯特罗姆的中国情结很深，也难怪朋友会戏称他是中国人的亲戚。

2011年8月30日，一个难以忘怀的日子。这一天，瑞典的阳光柔软地照射着，不远处的梅拉伦湖闪烁着蓝光。去看望一个心仪的人，应该选择一个楸树开始燃烧的日子，要带着花束的暖意。特朗斯特罗姆的家在斯德哥尔摩南岛斯第格伯耶街的小山坡上。一栋普通的居民楼，一架窄小的旧式铁栅电梯，由于电梯坐不下那么多人，我们选择爬楼梯。就要看到自己喜欢的诗人，我的内心多少有些激动。特朗斯特罗姆的夫人莫妮卡女士在门口迎接我们。特朗斯特罗姆1990年中风后身体不是很灵便，他坐在沙发上静候我们，见到我们进来，他脸露笑容，眼睛放出光彩：那是诗人灰蓝色的眼睛，纯净、好奇。当我跟他对视时，我有走进他的内心的感觉，突然想起他写过的诗句："有那么一瞬间我被照亮。"(《过街》)我心想，嘿，没错，他就是那个写出"山顶上，蓝色的海追赶着天空"(《黑色的山》)的亲切老头儿。

我们每一个人都跟他亲切拥抱。我们参观了他的家：房子不是很大，大概一百平方米，书柜、钢琴占了一些空间，红色墙壁上挂着诗人女儿的摄影作品。他家里还挂有中国书法作品，摆设着一些小的雕塑，在细细品味间，一座艺术的花园在眼前盛开。我把从国内带来的有关他获得"诗歌与人·诗人奖"的报道一一展示给他，诗人看到自己的照片印在报刊上，不时用手指着照片，笑了。

诗人的妻子莫妮卡女士，她的优雅、热情一下让我们感受到8月北欧阳光般的亲切。在我到来之前，我早已通过照片见过莫妮卡女士。就在7月，李笠把我颁给特朗斯特罗姆的奖杯送到了瑞典时，李笠在他们家的花园拍下一张照片，是特朗斯特罗姆和莫妮卡端详奖杯的瞬间，他们之间的默契、专注、喜悦让我感动。这次见到莫妮卡，知道特朗斯特罗姆所有的生活起居饮食和护理都由莫妮卡负责，在漫长的岁月里，这样的一位女性用生命中所有的热情爱着自己的丈夫，她无疑是伟大的。早在20世纪70年代，特朗斯特罗姆在给美国诗人布莱写的一封信中说，他和莫妮卡每到月底就抖一抖他们衣柜里的衣服，看兜里有没有一些硬币。正是这样一位耐得住清贫的女性陪着特朗斯特罗姆走过漫长的诗歌时光，对于已经八十岁并丧失语言表达能力的特朗斯特罗姆来说，唯有莫妮卡能懂得他的语言。当我看到特朗斯特罗姆看莫妮卡流露出的依恋，就知道在他们之间，爱才是特朗斯特罗姆最好的诗篇。特朗斯特罗姆右半身的中风是不幸的，但他有这样一位坚忍、乐观、大气的女性相伴却是幸福的。当我拿起摆在他们家重要位置的奖杯补拍照片时，莫妮卡多次跟我说，特朗斯特罗姆很喜欢这个奖，他珍惜这份来自中国的荣誉。

看得出，莫妮卡早已准备好了丰盛的午餐：三文鱼、熏鸡肉、牛油果沙拉、虾等，还有咖啡和甜品，女士们喝白葡萄酒，特朗斯特罗姆喝的是他喜欢的德国啤酒。席间，忘记是谁说起那天在哥得兰岛朗诵了特朗斯特罗姆的《车站》，大家马上意识到如此一个诗人相聚的时光怎能缺少诗歌呢？于是，我们自发朗诵起诗歌来，瑞典语、英语、中文在斯德哥尔摩的这个诗人家里响起，飘向窗外蓝色的梅拉伦湖。我则用广东话朗诵了诗人的诗篇："三月的一天我到湖边聆听／冰像天空一样蓝，在阳光下破裂……"（《论历史》）在北欧的这个正午，诗歌是我们内心唯一的阳光,莫妮卡女士动情地说,已经很久没有人为特朗斯特罗姆举办过这样的诗歌朗诵会了!是啊,诗人尽管生活在寂寞的边缘,但他的作品从舌头中奔腾出来的是玫瑰之香,弥漫的是紫藤的味道,这声音里的时光起伏着天鹅绒一般的柔软。

好时光都是拿来纪念的,与特朗斯特罗姆夫妇待在一起的午后是虽温暖却流逝得很快。怕影响老人休息,我们起身告辞。走到门口,突然感到,这一走,不知何时能再见到这位亲切的老人——那个时候,并没想过是来看一位未来诺贝尔文学奖的获得者,而是来拜访自己设立的诗歌奖的获得者,来看望一位迟暮的诗歌英雄、一位仿佛被遗忘的世界老人——我再回头,看到诗人一个人坐在餐厅的凳子上的孤独侧影,内心有些难以走开。后来听随行的记者张凌凌说,她看见同去的诗人莱耳掉了眼泪。

六、"我不是空虚,我是空旷"

分别两个月后,我有时会想起特朗斯特罗姆的家,一座他和他的夫人共有的孤独的花园,想起他在《维米尔》中写的:"低语:我不是空虚,我是空旷。"于是,我的内心多了一些宽慰,自己也变得明朗起来,为两个老人。幸运的是,在特朗斯特罗姆八十岁的日子里,他获得了诺贝尔文学奖,迎来了自己的时刻。然而他依然是那个蓝色眼睛的老人,他把时间折叠起来,直到光线追上他,现在追上他的是世界的眼光。尽管如此,诗人还走在通往意象和现实同在的新路途上,他活在诗歌的世界里:"我来了,那个无形的人,可能受雇于一个伟大的记忆,以便生活在今世。"(《七二年十二月晚》)

从残缺的世界里辨认出善和光明

"试着赞美这遭损毁的世界。/ 回想六月漫长的白昼，/ 野草莓、滴滴红葡萄酒。/ 那井然有序地长满 / 流亡者废弃家园的荨麻，/ 你必须赞美这遭损毁的世界。/ 你见过那些漂亮的游艇和轮船；/ 其中一艘，漫长的旅途在前头，/ 另外的，带咸味的遗忘等着它们。/ 你见过无处可去的难民，你听到过行刑者兴高采烈地歌唱。/ 你要赞美这遭损毁的世界，/ 记得我们在一起的时候，/ 在一个白色的房间里，窗帘晃动。/ 回想中重返乐声骤起的音乐厅。/ 在秋日的公园你收集橡果，/ 树叶回旋在大地的伤口。/ 赞美这遭损毁的世界吧，/ 和一只画眉鸟遗落的灰色羽毛，/ 以及重重迷失、消散又返回的柔和之光。"

多年前读到李以亮先生翻译的这首《试着赞美这遭损毁的世界》，就为亚当·扎加耶夫斯基（翻译家乌兰从波兰文直译为亚当·扎嘎耶夫斯基）诗歌中远离仇恨、宽容不完美的残缺精神所打动，为他试图将人类从分裂和敌对的状态中接引向一个生长希望的境地的人生格局所震动。他那慰藉无望心灵、弥补破碎世界的灵魂将持久地跃动在人性的天空，散发出内在神性的光芒。阅读这首诗歌，就想起美国著名作家和女权主义者苏珊·桑塔格对扎加耶夫斯基诗歌的评说："这里虽然有痛苦，但平静总能不断地降临。这里有鄙视，但博爱的钟声迟早总会敲响。这里也有绝望，但慰藉的到来同样势不可当。"据说"9·11"事件之后，对"悲剧"的意义所知甚少的美国人，每家每户的冰箱都贴上了他这首诗歌，抚慰着悲伤的心灵。

好的诗歌就是让你念念不忘，由此我诞生一个念头：把他的诗歌整体介绍到中国来，请他来中国交流，给他颁发"诗歌与人·国际诗歌奖"。每当念及此，心间就生出一种迫切的愿望，就构成相当大的诱惑：我需要用一种仪式向心目中真正的大师致敬！当即请翻译家李以亮先生，还有诗人王家新先生联系扎加耶夫斯基先生。有一阵子，李以亮已经联系上了，后来也许双方都忙碌或疏于联系，又中断了。不断的还是我的心念。"在音乐中我找到三种元素：力量、软弱和痛苦。/ 第四种元素没有名称"（《自画像》）、"我喝着小小清泉里的水 / 我的渴大于海洋"（《我的渴大于一座海》），越是阅读扎加耶夫斯基先生这样的诗歌，就越想弥补自己的梦想。

最终，心念给了我力量。2013 年，通过著名翻译家乌兰和美国诗人乔治·欧康奈尔（George O'Connell）与扎加耶夫斯基的联系，诗人答应 2014 年 3 月下旬访华，来领取第九届"诗歌与人·国际诗歌奖"。我记得那天好消息传来的喜悦之情，记得那美妙的瞬间，命运总会嘉许纯粹的诗歌事务，岁月终会给"诗歌与人·国际诗歌奖"镀上诗歌理想的黄金。对我而言，最大的欣慰是大诗人不远万里来领奖，他的到来就是对"诗歌与人"颁奖理念的认同。无论在东方或西方，天涯或海角，总有理想主义激情热烈的交织，总有心灵相通的人要走到一起，总有一种精神被高扬，总有一种非凡的人生精神状态值得期许。

> 诗歌寻求着光芒，
> 诗歌是崇高的道路，
> 带我们到最远的地方。
> ——《诗歌寻求着光芒》（李以亮 译）

如今，他接受了我作为一个诗人的邀约，访问台湾、香港，之后到广州，来进行他遥远的诗歌之旅，这是多么大的盛典。从1975年到2010年，扎加耶夫斯基先生先后拿了差不多十个国际诗歌奖，其中2004年获得的由美国《今日世界文学》颁发的有小诺贝尔文学奖之称的诺斯达特国际文学奖（Neustadt International Prize），为他赢得更为广泛的影响力。那一年，曾经获得该奖的波兰诗人米沃什去世，扎加耶夫斯基的获奖在某种意义上为波兰诗歌延伸了其在世界上的影响力。2013年上半年，当扎加耶夫斯基欣然接受"诗歌与人"这个奖时，这是九年后东方世界给他的第一个奖。他不时在诗歌中写到的中国，在访谈中说到的中国，在古代伟大诗歌里相遇的中国，这个他未曾涉足的国度，给他的除了神秘的色彩外，还有来自诗歌纯净的赞美。

尽管亚当·扎加耶夫斯基尚未踏入中国的土地，但他在中国诗歌界已经声名远扬。这得益于李以亮、黄灿然、乌兰、王家新、王东东等翻译家的推介。翻译家翻译的诗歌一般都是自己钟爱的诗人的，是自己渴望带给另一个世界的诗歌艺术。黄灿然显然为扎加耶夫斯基的诗歌所震动："亚当·扎加耶夫斯基善于把日常生活陌生化，在熟悉的处境中揭示新意，带来各种令人惊奇的效果。这是'发现'而非'发明'，是对世界矛盾本质的呈现而非评判。相应地，诗人在描写人类的处境时，既能深入其中透视，又能站在远处以略带讽喻的态度观望；在描写大自然的风景时，既能展示其辽阔的画面，又能保持细节的清晰。"诗人翻译家的评价带给我们阅读的欲望，也带来探知诗人身份的好奇。

1945年6月21日，扎加耶夫斯基于生于今属乌克兰的利沃夫（该市在二战后属于苏联乌克兰加盟共和国，苏联解体后属于乌克兰）。二战后，父母举家从利沃夫迁回波兰，他的青少年时代就在波兰西南部的西里西亚小城格利维采度过。一个诗人的生成有时依赖于他有一个特殊的少年时代。战后的波兰生活深深刻印在诗人的印记里，他在《仁慈的修女——致父亲》中就写出童年的幽暗："那是童年，再也回不来——/ 黑莓是那么地黑，连夜晚都嫉妒它；/ 纤细的杨树长在狭窄的河边 / 像仁慈的修女，不怕陌生人。"诗歌一开头就显示了灵巧的想象力，修女就是纤细的杨树，这是一种雅致的欢喜。"礼拜天清晨，妈妈沏了醇正的咖啡/而教堂里的老神父，呼吁教徒们保持谦逊。/看见那些穷人，我的心就发紧。"日常的生活，寻常的日子，却隐藏着怜悯和艰辛。"在地图里住着黄色和蓝色的国家；/大国吞噬小国，但是在邮票上，/只能看见纹丝不动的鹰、斑马，/长颈鹿和难以形容的漂亮小云雀。/在阴暗的小商店布满灰尘的货架上/摆着装有黏糖果的瓶子/里面飞蛾成群。"大国对小国的入侵，强国试图在地图上抹去小国，诗歌写出困扰在内心的生存恐惧和没有出路的灭亡感。"我曾是一名童子军，当黄昏降临，/猫头鹰哭泣，橡树的枝丫不安地颤抖时/我在森林里经历了孤独。"猫头鹰的哭泣给当上童子军的童年打上印记，忧伤和孤独也是橡树无法删除的记忆。"我的自行车追着喘着气的蒸汽车/八月，酷暑把灰色的城市溶化成冰淇淋。/黑莓如此之黑……苦涩的枫叶……/这就是童年，血和节日。"无疑，这是被禁锢的童年，是云雀失翼的童年，无名的时刻，稀薄的梦想，就连回忆的草莓都如此黝黑，枫叶也失去光泽，甚至节日也是血的气味。童年的忧思扩散向整个人生，当诗人回忆，他就变成往昔岁月痛苦的继承者，成为历史复杂遗产的继承者。文化遗产就是未来的钥匙，在历史语境那里，诗人把个人生活与更大的时代现实联系起来，忧虑过去就是为了完善今日，是为了很好地穿越未来之门。

扎加耶夫斯基的父亲在格利维采理工大学当教授教书，

青年扎加耶夫斯基就读于格利维采第五中学,在那里他喜欢上了文学。20世纪六七十年代,扎加耶夫斯基开始创作诗歌,不久他就成为波兰克拉科夫"新浪潮"的成员,从此走上波兰诗坛。1970年,他们发表了纲领性文件《紧箍咒》,呼吁写作要摆脱隐喻,要求回归到语言的"可信性",反对使用虚假捏造的语言,恢复语言的真实性,不做虚假的现实主义者。扎加耶夫斯基提倡诗歌直接说出诗意,没有修饰,没有伪装,就像他在《真相》里喊出来的:"说出真相,让左手举着博爱/右手握着仇恨。"那时,扎加耶夫斯基在"蜥蜴下"的大学生俱乐部结识了克拉科夫的诗人尤·科恩豪塞尔、尤科隆·赫尔德和斯·斯塔布罗,青春的激情燃烧着他们愤怒的心灵,他们共同制定了宣言,"要扩大文学活动的范围,使文学对社会现实产生更大的影响"。1974年,对诗歌的实践和探讨启发了扎加耶夫斯基与尤·科恩豪塞尔写出了《没有呈现的现实》,两位诗人在这一著作中表明了他们对战后波兰文学的看法,要求文学回归到现实主义中来,即"文学的零起点——展示新世界,并将其融进文化之中"。从自己的立场出发,用未被污染的词去书写,去展示波兰真实的生活,扎加耶夫斯基最初的写作带着直接干预现实的观念,这显示了他早期作为政治诗人的思想倾向。他总是渴望摆脱一些什么,呈现一些什么,改变一些什么,但有时候生活和岁月会纠正年轻的想法,他在一首诗歌中写道:"我在二十岁的时候失去了信仰/但没让别人知道/这就是我的一生/作为鸟的标本学习飞翔。"(《早期年轻人的抱怨》)作为一只在生活中有时迷失了方向感的鸟,它无畏于风雨中的飞翔。扎加耶夫斯基要遇见自己隐秘的思想,他要在火焰中来回奔跑,在诗歌中练习人生。后来,扎加耶夫斯基退出克拉科夫"现在"纲领小组,这是诗人笔尖转向的佐证。对隐喻缺乏热情的诗人,他渴望对现实直接的介入,用激情去荡涤一切。

1979年至1981年,扎加耶夫斯基在西柏林进修,接着移居巴黎。离开波兰,这趟旅程让他爬上人生新的分水岭。1988年,诗人在美国休斯敦大学开办的写作班教授诗歌。美国的生活让扎加耶夫斯基较好地掌握了他与世界的关系,他是一个乐于接受一切世界性东西的人。1999年他写的《休斯敦,下午六点》,思考的已经不止于波兰,那里有他对人类命运深切的沉思:"在由边界织成的粗布花格子的织物下/在古老的仇恨中,欧洲已睡下;法国依偎着/德国,波希米亚躺在塞尔维亚的怀抱/孤独的西西里亚安睡在蔚蓝的海洋之中。//此刻,这里刚近黄昏,灯已点上,/黑色的太阳迅速黯然失光。/我只身一人,读一点书,思考,/听听音乐。//我只身一人,我的朋友在哪里,/我没有朋友;魔力在哪里生长/其实并没有魔力,/在那里,有的只是死者的狂笑。//我只身一人,因为欧洲睡下了。我所爱的人/在巴黎郊区一间高大的房子里睡下了。/我的朋友们,在克拉科夫和巴黎/在同一条被遗忘的河流里,艰难地行进。//我一边读书一边思考;在某一首诗里/我找到一句话:'总会有这样可怕的打击……/——别去打听!'

我不打听。一架警用直升机／打破夜晚的沉寂。∥诗歌召唤我们走向更高的生活，／但低下的生活同样富于雄辩，／比印欧语言更高昂，／比我的书籍和唱片更强而有力。∥这里既没有夜莺也没有／画眉鸟甜蜜和悲哀的歌声，／只有讥讽鸟的效仿／模拟着每一种声音。∥诗歌召唤我们走向生活，／在生长的阴影中鼓足勇气。／你会像出色的宇航员那样／平静地凝视大地吗？∥出于无辜的无能，我阅读希腊、／记忆的耶路撒冷，忽然，出现一个诗的／岛屿，一个荒无人烟的岛屿，／总有一天，一个新的库克会发现它。／欧洲睡了。夜晚的野兽们／幽寂、贪婪地／走向猎物，死亡。／不久美国也将睡去。"我不知道这首诗歌是否写于"9·11"事件之后，读之却是孤独与遗忘，是迷失与召唤，也有来自对灾难的疼痛和担忧，仿佛黑暗的河流向你奔来。生活尽管充满杀戮和伤痕，但超越恐怖主义残忍行径带来的伤害，逾越贪婪，走出灾难，在绝望中辨认出勇气和光亮，回到无拘无束的生活中去，这些都是他所希望看到的。正如此时的休斯敦，下午六点，他愿意像一个宇航员一样，平静地凝视大地。无论现世生活如何迷失，拒绝被黑暗和仇恨摧毁，以一颗真实、悲悯和自由的心去回应不完美世界始终是扎加耶夫斯基作为诗人的担当。

2002 年，扎加耶夫斯基返回波兰，回到他写作最初出发的原点。这首叫《星》（胡桑译）的诗歌，写出了扎加耶夫斯基回到克拉科夫的心境："数年以后，我回到你这里，／灰色、迷人的城市，／你一成不变，／埋藏于过去的水域。∥我不再

是 / 哲学、诗歌和好奇的学生，/ 我不是写下太多诗行的 / 年轻诗人 // 徘徊于狭窄街道和 / 幻觉的迷宫。/ 钟与影子的君主 / 用手触摸我的眉毛，// 然而，我依然受到指引 / 由一颗星，通过明亮，/ 只有明亮 / 才能为我松绑或解救我。"克拉科夫，这里绝对是文学之城，甚至它的一条街上都住着米沃什和辛波丝卡两位诺贝尔文学奖的获得者。在这样的城市写作，生存环境是否更好，不得而知，但那里存在有活力的知识分子阶层，文化传统和教育都在延续，它不可能平白无故诞生那么多大师。从米沃什到扎加耶夫斯基，他们都以母语为粮食，都在尝试生活带来的意义。想到与自己同一种品质的人生活在同一个地方，命运也充满欢乐。与被自己视为神的米沃什交往在同一片天空下，扎加耶夫斯基肯定不孤单，就像他把另一位伟大的波兰诗人赫贝特视为叔叔一样。不同于米沃什晚年才回到克拉科夫，扎加耶夫斯基常常自由往返于国外与克拉科夫之间，这为他的视野和思想拓展出新的途径，它不仅仅体现在写作上，也包含在生活中。2007 年以来，每年秋冬季学期，他到芝加哥大学社会思想委员会教授文学史，春夏季学期在波兰克拉科夫亚盖隆大学的特色诗歌研讨会任客座教员。如此的穿梭，其背后是不同思想的激荡与扬弃。在文化的冲撞与交融中，扎加耶夫斯基的世界性和民族性自然而然地融合到一起，越写越紧密，视野越来越开阔。

"……有那么多死亡在等待着你 / 为什么每一座城市都必须是 / 耶路撒冷，每个人都是犹太人 / 而此刻只有迅速打起行囊，/ 像往常一样 / 每天，屏声静气地 / 去利沃夫 / 因为它还存在，它寂静纯洁得就像 / 一枚桃子。狮城无处不在。"《去利沃夫》是扎加耶夫斯基在 20 世纪 80 年代写的倾其心智的长诗，这首在叙事中带有追忆和听任生命岁月各种不同情绪涌现的诗歌，写出狮城利沃夫往日的时光，写出这座城市不安的命运和流亡者内心的灰烬，写出了即便是伤口也会流出神圣的香膏。扎加耶夫斯基把这首诗歌献给曾经生活在那里又被迫离开的父母，似乎为利沃夫赋予一个遥远的艰难的童年，那是远去时代未曾拥有的存在于想象中的感喟。2011 年，他在《与美学无关》中写道："在八十年代，父亲 // 为他的朋友抄下我的诗《去利沃夫》/（他有点儿尴尬地告诉我 / 则要晚得多），我怀疑他在思考美学，/ 隐喻，重音，深意，/ 而他爱过、又失去的城市，他度过 / 早年岁月的城市，他的启示，他与世界的相遇 / 却如人质，被扣押，/ 他一定是带着巨大的力量在敲打 / 那台老旧而忠实的打字机，/ 如果我们能够更好地理解那敲打的意义 / 我们或许能，在此基础上 / 至少重建一条 / 给过他最初狂喜的街道。"诗歌敲打出一段生存艰难的历史，也重建了一个可能的希望，期待走过一条现实和虚构同在的街道。利沃夫是扎加耶夫斯基难以忘怀的出生地，而克拉科夫是栖身的家园，是扎根的存在状态，他在诗歌中不断用母语写到克拉科夫。在《未写的哀歌，给克拉科夫的犹太人》中，他写道："我知道失踪者的双眼像水一样，不会被看见——你只能淹没在中间。/ 听得见夜里的脚步声——但看不到一个人。/ 他们继续走着,虽然这里空无一人,穿带钉长靴妇女的脚步,旁边是刽子手静悄悄、几近温柔的步子。/那是什么?在城市之上,/黑色的记忆移动仿佛彗星从高处滑落。"诗人虽没有亲历二战的大屠杀,没有经历战争的洗礼,但人类的地狱他似乎也走过,那些过往的残酷还作用在他的身上,拷问他的良心。当他写过往的克拉科夫,内心那颗黑暗的流星就在坠向深渊。不想羞耻地活在这个世界,诗人思考的力量就进入黑暗的核心,从而带出光明的源头,诗人因为融入这样的命运而获得自我的拯救。诗人在诗中利用历史,最终目的是将自己从历史中解放出来,也让他人获救。

阅读扎加耶夫斯基的诗歌,应该对波兰文学多少有所了解。波兰是一战后重新建国的,一个新国家的诞生总是令人欢欣鼓舞,但其前景并没有波兰人憧憬得那么美好,而是充满忧患和悲怆,风雨飘摇,就像扎加耶夫斯基在《关于波兰的诗》中写道:"这个手无寸铁的国家/是由黑鹰、饥饿的皇帝、第二帝国/和第三罗马喂养的。"文学永远是一个饱经沧桑的国家最初感受到的强烈情绪的反映。一战后的波兰,苦难之神还在这片土地上徘徊,就像涅槃的人也带着悲观主义在观望,悖论的是灾难带给其文学的新可能。在两次大战之间(也称战间20年),波兰出现了在乱世中歌颂美好生活的"光明十年",这有点儿像中国的"商女不知亡国恨,隔江犹唱后庭花"。如果都是赞美和讴歌,就没有伟大的波兰文学。总有心怀不平之气的人在呐喊,总有敢于表达真实现状的作家站起来,总有向死而生的知识分子站出来，于是就有了见证现实、抵抗压迫、警示、批判、担忧的"黑暗十年"。"只有我劫后幸存，/ 活过咖啡馆里那张桌子，/ 那儿，冬天中午，一院子的霜闪耀在窗玻璃上。/ 我可以走进那儿，我愿意的话，/ 而在凄冷的空中敲着我的手指，召集幽灵。"（《咖啡馆》）写出这样诗篇的米沃什，一看就是"黑暗十年"的代表诗人。他曾经说过："如果说那些发展得较为和谐的国家里的人们觉得波兰文学难以理解，那是因为他们没有经验过国家的分裂。"德国纳粹的蹂躏，苏联阵营的摧毁，至今没有波兰诗人、作家会放下思考的弓箭。"我曾惯于同唱那些歌曲，/ 现在我知道附和他人 / 是多么美妙；后来，我亲自品尝了，/ 灰烬的味道，我听到了 / 谎言嘲弄的声音以及唱诗班的尖叫 / 当我触摸我的头，我能感到 / 我的国家凸出的头盖骨，它坚硬的边缘。"（《火》）扎加耶夫斯基传承了从密茨凯维奇、赫贝特、米沃什、辛波丝卡等大师的诗歌传统，除了为历史发声、对真相做见证、重塑人格和创造价值外，还有对自由境界的最高追求。由此，我在扎加耶夫斯基的诗歌里看到一条金线，泛起在心灵之间，那是波兰诗歌不被俘虏的思想。

  认识一位诗人最好从他的诗歌出发。扎加耶夫斯基喜欢写自我，就像画家给自己画自画像一样从容不迫。在《自画像》一诗中，我们也许看到他更多的隐秘："……我听过很多音乐：巴哈、马勒、肖邦、肖斯塔科维奇。/ 在音乐中我找到三种元素：力量、软弱和痛苦。/ 第四种元素没有名称。"诗歌中的"第四种元素没有名称",是另辟蹊径的神奇之笔,它是春夏秋冬,它是死亡或者重生,它是怀疑或者信赖,是冒险或尝试,是个体的颂歌或群体的呐喊,是一切的可能。诗人在诗歌中不断写到音乐,音乐是他另一个隐秘的灵魂,是他的天使。"这只不过 / 是一把突变的提琴 / 被踢出合唱队。/ 并非如此。/ 大提琴有很多秘密,/ 但它从不哭泣,只是低音歌唱。/ 但是,并非一切都会变成 / 歌。有时,仿佛你会听到 / 低声细语或是窃窃私语:/ 我很孤独,/ 无法入眠。"这首《大提琴》是他的另一张自画像。诗歌的暗喻也许是扎加耶夫斯基少用的,但他并没有排斥在写作上的探险。"我试着理解 / 伟大的哲人们——但时常只能抓住他们 / 宝贵思想的一鳞半爪。/ 我喜欢在巴黎大街上久久地散步,/ 观看我的同类们,为嫉妒、欲望 / 和愤怒所激动;喜欢观察银币从一个人的手 / 传到另一个人手中,而慢慢地失去自己圆圆的 / 形状(皇帝的侧面相已模糊不清)。"(《自画像》)在《自画像》中,我们还看到诗人的反讽。记得诗人表达过,讽刺的手法在诗歌中不如直接的表达,但这首诗歌的幽默感不时流露,隐藏某种尖锐的东西。"路边的树木,从不表达什么,/ 除了绿色的、淡漠的完美。// 黑鸟在田野踱步,/ 耐心如西班牙寡妇,好像在等待着什么。/ 我不再年轻,但总有人比我还老。"树木不表达自己,那是它不需要表达,它是自然中的完美。诗人感慨自己年华逝去,但还有比他更老的老头儿,诗歌充满自嘲的情趣。

"我喜欢沉睡,沉睡中我将不复存在,/ 我喜欢在乡间小路上飞快地骑车，那时 / 杨树和房屋就像积云迅速飘散，风和日丽 / 有时，墙上的画会对我说话，/ 之后带着讽刺突然消失。"(《自画像》)在希腊国际诗会上见过扎加耶夫斯基的中国诗人蓝蓝说，他是一个非常淳朴、慈祥的人。从希腊回来后，蓝蓝在电话中说到诗人，从她赞赏的语气里，我感受到扎加耶夫斯基是一个怎样的人。身在波兰格但斯克大学教书的翻译家乌兰老师在邮件和微信中一再跟我说过，扎加耶夫斯基热爱大自然，希望这趟中国之行能带他去感受东方山水的魅力。乌兰老师还说，扎加耶夫斯基爱着他的妻子，他们会一起到中国来。扎加耶夫斯基似乎很少写爱情诗，不过，他诗歌的细节里透露着灵光乍现的信息。"我特别爱打量妻子的脸庞。/ 每个礼拜日我给父亲打电话。/ 每隔一礼拜和朋友们聚会，/ 从而赢得彼此的忠诚。// 我的国家从邪恶中被解救出来。/ 我期盼再一次获得解放。/ 为此我能助一臂之力吗？我不知道。/ 其实我并不是大海之子，/ 像安东尼奥·马查多描写自己般，/ 但我是空气、薄荷和大提琴之子，/ 并非高尚世界的所有道路 / 能与现在还属于我的 / 生命之路相交。"(《自画像》)诗人写出自己的个性，但在精神的世界，他是虚无，是无所不在，是某种特别的味道，是音乐，是自己的道路。

其实，我也喜欢诗人《自画像》之外人性的声音："我拒绝19世纪晚期那样的思想观念，它把诗人造就成一个特殊的人。一个诗人和别的人类并无什么不同，也有很多不完善的地方和缺陷。我不认为通过诗歌我就真的完美或者变成了一个天使。但是，诗歌依然是我生活的一部分，不仅仅是我头脑的一部分。"他没有因为自己被更厉害的人称之为大师级的诗人而日益骄傲，他在自己的命运中获得的品格是不嫉妒，不自夸，不张狂。这样的诗人是多么率真和朴素。我由衷地相信，诗人也有谈笑风生的时刻，像海豚一样翻腾出生活喜悦的浪花。

扎加耶夫斯基以诗歌名世，但他还是小说家、散文家、翻译家，他以丰饶的著作确立自身。眼下，扎加耶夫斯基的作品已被翻译成英、法、德、西班牙等多种语言出版，他成为西方文学世界中经常被提起的人物，而连续多年获诺贝尔文学奖提名，更是让喜爱他作品的读者为他尚未获奖感到遗憾。其实对于诗人来说，获奖是一个偶然的东西，而遇上真正的读者才是思想生命的延伸，当诗歌作用到读者的身上，它带来的思考就作用到生活中来。但对于普通读者来说，他们会看是哪些大诗人在谈论扎加耶夫斯基的诗歌。

很早的时候，在一次诗人见面会上，1980年获得诺贝尔文学奖的米沃什和立陶宛著名学者、诗人、作家和文学翻译家托马斯·温茨罗瓦（Tomas Venclova）谈到扎加耶夫斯基时说，波兰"不用出口冰箱、汽车，但可以出口诗歌"。米沃什还说过"历史和形而上的沉思在扎加耶夫斯基的诗中得以统一"。20世纪70年代，扎加耶夫斯基曾经如饥似渴地阅读过被禁的米沃什的诗歌，他把米沃什的诗歌奉为经文。扎加耶夫斯基与米沃什有着亲密的关系，他们之间的交往令人思慕。"我再一次打开你的书，/ 那些被一个丰饶的智者写的诗，/ 那些被一个恳求的人、无家可归者 / 孤独的移民写的诗。// 你总是要走得比诗歌还远, / 超越它, 在它之上, 翱翔, / 但是你也走向更低处, 我们的地带 / 就从那里开始, 谦卑而羞怯。// 有时候你的声音 / 在一个瞬间就转化了我们, / 我们相信——的确——/ 每一天都是神圣的, // 我们相信诗歌。——怎么说呢? ——/ 就好像是使生活更圆满, / 更充实, 更让人自豪、无愧的完美的配方。// 但是夜晚来临, / 我把书放在了一边, / 城市日常的嘈杂声再次升起——/ 有人咳嗽, 有人在哭喊和诅咒。"(《读米沃什》)扎加耶夫斯基勾画出米沃什的命运轮廓, 在不安的回响里触摸隐秘的边界, 那是一个诗人碰见另一个诗人隐秘思想的敬佩之情。米沃什说: "没有影子的东西没有力量活下去。"他还说, 一个人必须独自在人间创造。对于扎加耶夫斯基来说, 前辈诗人引领的前行在趋于完美, 但生活需要自己去遭遇一切。

赞美扎加耶夫斯基的并非米沃什一个人, 诺贝尔文学奖获得者尤瑟夫·布罗茨基说: "像扎加耶夫斯基那样如此强烈地对诗歌有明确的思考, 真难能可贵。"布罗茨基并非因为扎加耶夫斯是自己的朋友才去欣赏他, 他们之间建立的是精神同盟, 是心性的吸引, 是才华的认识。在《维琴察的早晨》纪念布罗茨基和基耶斯洛夫斯基的诗中, 扎加耶夫斯基写道: "我仿佛第一次看见你们。/ 就连这座帕拉第奥建筑的圆柱也似乎是新生的, / 它们从黎明的潮水升起, / 像维纳斯, 你们年长的同伴。"扎加耶夫斯基或许就是上天恩赐的真正诗人, 他罕见的天赋，就连时间对他的写作也表现出渴望。他确实创作出了令人心悦诚服的诗歌。

"每日往返的列车快速驶过郊区的 / 空旷犹如一柄直取心脏的匕首。/ 某个独裁者或其他什么人 / 通过扬声器将声音传到我耳里 / 而一只松鼠从一条树枝跳到另一条树枝 / 远远地跑开。/ 夏天之末，松香球沉重，/ 一个身着褐色粗布修女袍的女尼 / 像一个已经坦然接受了一切的人那样微笑。/ 蜻蜓掠过小池塘油腻腻的光泽，/ 划艇轻轻滑进落日的余晖；暑热，像一个海关官员，触摸 / 每一样外表的事物。/ 邮递员在一条长椅上打盹而信件 / 从袋子滑落像燕子；冰激凌溶化在草地上，/ 鼹鼠堆积成冢向皮肤黝黑永远无名的英雄们 / 表达着敬意。黝黑的树 / 站立在我们的上方，绿色的火在树与树之间。/ 九月逼近；战争，死亡。"（《夏天结束的时候》）夏天就要结束，追赶我们的是独裁者，是战争，是死亡，但总有向无名英雄表达敬意的时刻，总有坦然接受一切的微笑，因为绿色的火在树与树之间移动。"扎加耶夫斯基这样的诗歌令人想起叶芝（William Butler Yeats）创作自己作品的娴熟技巧，因此在这两位诗人中他们书籍的力量大大超乎于他们具体诗歌的数量"，乔恩·侯伟在《泰晤士报文学副刊》拿扎加耶夫斯基与伟大的叶芝相提并论，足见其分量。波兰文学、戏剧评论家塔戴乌什·内柴克说："扎加耶夫斯基是当今唯一的一个越来越难以给其下定义的诗人。波兰的？欧洲的？世界的？优秀的？杰出的？无论怎么描述，都显得空洞而毫无意义。"最近看到把扎加耶夫斯基称之为大师级诗人的是当代著名的欧洲问题和欧洲思想研究专家托尼·朱特。对于我来说,并非很多著名人物赞美他,我也去做锦上添花的事,而是他的诗歌在如水般浸入我时间的沙砾,诉诸出感动的曙光。我们对他知之甚少,他的作品有待更全面地去翻译,让更多人去分享他内在的能量。

"写作很少是纯文学,理智,无血性或边缘性的职业;它很少只是为了美的追求,为了福楼拜式的与语言的搏斗,或者只为了某个单一经验的详细记录。它最像一种咆哮,装满了炭的陶炉,诗歌和散文的容器在其中被加热到一个很高的温度,显示出见证者和好奇心的洞察。"(《波兰语写作》)扎加耶夫斯基有着明晰和独立的头脑,他把观念和诗歌的创作天衣无缝地融合在一起,他在《写诗》中说道:"写诗是一次决斗 / 没有胜方——在一方 / 阴影扩大,大如蝴蝶眼里 / 山岭的延伸,在另一个地方, / 只是对于光明,意象和思想的 / 一瞥,如冬天在痛苦中诞生时 / 深夜那一支火柴的光。"写那些让他恐怖的事情,这恐怖是人类古老的恐惧,也是对未来的恐惧。扎加耶夫斯基在诗歌中呈现了波兰乃至欧洲痛苦的过往和历史,他揭示普遍的黑暗,说出另一种声音,这声音源于对桎梏的摆脱和对正义的召唤。

他的诗歌中有着很多对峙的色彩,但底色是温暖的。他在诗歌中不断写到明亮的事物,甚至诗歌的标题就直接用了"不要让澄明的时刻消散""诗歌寻求着光芒",尽管他总是有节制地写到"光明"。"我们坐在大教堂门前的路边上 / 轻声谈论

着灾难 / 谈论着那些希望、不可避免的威胁，/ 有人却说，现在能做的 / 就是最好的——/ 在如此明亮的影子中谈论黑暗。"（《在大教堂前》）"像植物一样，它们朝向阳光生长，而我们寻求正义。"（《闪电》）这些诗歌读来，感到光明在引领我们向前，提供其持续在大地上生长的希望，成为更深地穿透普遍黑暗的神圣力量。这一点吻合了美国访谈者贝斯特对扎加耶夫斯基做访谈时说到的："扎加耶夫斯基的诗歌使我们想到了神像画，其中有着黑暗的成分，同时也有突临的光明或神启的时刻。"

卡西斯的日出

一座座白色建筑在黄昏中欢动，没有宣布
结束，旁边是灰色的葡萄园，黎明前的寂静；
犹大数着银币，橄榄树叶蜷曲在乱糟糟的祈祷
声中
深深地扎入大地。
祈愿太阳升起！现在很冷，周围凄惨的景致
在迷雾中蔓延；星辰已经离去，僧侣们在熟睡，
七月，不准小鸟歌唱，唯有一些还在轻轻地呻吟，
仿佛懒惰的中学生在上拉丁语课。
此时，凌晨四点，绝望居住在这些房子里。
也正是此时，那些脸庞消瘦悲哀的哲学家们
书写着愤世嫉俗的格言警句，而

晚上沉浸于布鲁克纳和古斯塔夫·马勒疲惫的指挥家们
没有掌声，不愿入睡，妓女们回到
破旧的家。

我们祈望，让那些仿佛披上
火山灰烬的灰色葡萄园，重获生命，
让那些远处的大城市，从漠然中觉醒，
让我不再思考来自混乱的自由，
祈望，让我重新获得将可见和不可见的
事物联结起来的信仰，我们的下面是蔚蓝海洋和越来越清晰的
地平线，它仿佛娇贵的环带，
怜爱并紧紧地拥抱着转动的行星，
我们看见渔船像海鸥那样
信心十足地游弋在深深的、蔚蓝的水中，一会儿
太阳深红色的光环，映照在山峰的半圆顶上
光明，又回到我们身边。

"让我不再思考来自混乱的自由，/祈望，让我重新获得将可见和不可见的/事物联结起来的信仰"，如果自由是混乱不清的，他宁愿不要这样的自由，阅读这样的诗歌会触到一种

绝对的力量，在心间升腾起人类道德的光芒，这与最初读到他的《试着赞美这遭损毁的世界》一样，带来异样的震动，仿佛诗性在封闭的黑暗空间为人们打开新的道路。曾经有人说，任何一位波兰诗人要想与现实保持一种审美距离，都有可能成为道义上的背叛。其实审美的愉悦和道义的担当在扎加耶夫斯基的诗歌里并不矛盾，他外在的关注与内里的审视并没有失衡。他曾写过这样的诗歌："在他人创造的美中／存在安慰，在他人的／音乐，他人的诗里。"(《在他人创造的美中》)审美正是为了让道德更有感染的力量。在诗歌里，他消除了修辞的不诚实，远离喋喋不休，没有故意拔高的称颂，也没有追求伟岸的诗句，但又不少心存疑虑的真理探求，所以无论是从审美上还是道义上，他的诗歌都在对当代生活做出反应。

诗歌是日常生活经验的一部分，它是诗人与他人的沟通，它是更多渠道与世界的沟通，这种沟通只有真诚的心灵出现的那一刻才会有奇异的美。总是在这个相信的时候，诗歌无止境的高贵如光线迂回到人们的身边，进入内心，去锻造火一般的思想，去召唤我们走向更高的生活。

扎加耶夫斯基：诗是隐藏绝望的欢乐

"当我们短暂离别 / 或者永远告别我们的所爱, / 我们突然会无语, / 现在, 我们必须为自己发言, / 没有人为我们发言了——因为伟大的诗人已经离去"(《伟大的诗人已经离去》), 这是扎加耶夫斯基写给米沃什的诗。现在, 我写不出更好的诗歌, 唯有用他的诗来献给他: 伟大的诗人, 时间继续为你发言！ 2021 年 3 月 21 日, 波兰诗人亚当·扎加耶夫斯基逝世于克拉科夫。我是 22 日早上波兰朋友发来短信时才知道。一时之间, 泪水在眼眶里打转, 难以接受这个现实。早在 2 月初的时候, 我从扎加耶夫斯基的好朋友乌兰教授那里得知老扎（我们习惯称他为老扎）病得很重, 进了 ICU。那段时间, 我每隔两三天都问老扎是否度过危险期, 但也帮不上他, 干着急, 只能为他祈祷, 祈祷他一定挺过来。

6 月 21 日是老扎的生日。2015 年在波兰的时候, 我与老扎说, 下次再来看望他, 希望选择他生日的时间去为他祝贺, 顺便参加每年 7 月份的米沃什诗歌节。如今世间再也没有老扎,而今年的米沃什诗歌节,波兰人将选择这个日子下葬他们伟大的诗人。扎加耶夫斯基是在世的世界诗人当中最受中国人喜欢的诗人之一。现在,他的离世,只有悲伤的咏叹调献给他。诗人布罗茨基说过20世纪的世界文学起源于波兰,从切斯瓦夫·米沃什、维斯瓦娃·辛波丝卡、兹比格涅夫·赫贝特到亚当·扎加耶夫斯基,他们构成了波兰当代诗歌的伟大传统。如今,扎加耶夫斯基的离去,意味着在这个世界,在这样的年龄段里,再没有他这样大师级别的诗人。是的,亚当·扎加耶夫斯基是无与伦比的,没有人可以替代他。

没有老扎的日子,世间少了杰作,唯有无限的回忆。在这个悲伤的日子,我不断回想他2014年3月来广州领取第九届"诗歌与人·国际诗歌奖"的画面和2015年我去波兰拜访他的过程。我都忘记自己是什么时候关注上老扎的诗歌的。2001年"9·11"事件发生之后,老扎的名作《试着赞美这遭损毁的世界》被翻译成汉语介绍过来。这里要感谢李以亮、黄灿然、乌兰等翻译家源源不断地翻译老扎的作品。老扎这首写在"9·11"事件之前一年半的诗歌,迅速引起关注,当年在美国,一篇名为《双子塔的倒塌与波兰诗歌的崛起》的报道,让老扎的诗歌从美国走向更广阔的世界。而我想到的是,面对破碎、失败、摧毁与灾难,一个保有深刻信念的诗人就在我们的时空里。罗兰·巴特说过:"我写作是为了被爱:被某个人,某个遥远的人所爱。"

因为老扎的诗歌,我迷恋上这位大诗人,渐渐萌生出给他颁奖的念头。通过国内外一些诗人朋友，我找到了他的信箱，并给他写信，说有意把中国的一个诗歌奖颁给他，表达对他为人类写出光辉诗篇的致意。尽管这之前的 2011 年，瑞典诗人特朗斯特罗姆获得第六届"诗歌与人·诗人奖"的半年后，获得了当年的诺贝尔文学奖，但并不代表其他诗人就愿意接受这个年轻的奖项。赋予诗歌巨大社会精神力量的扎加耶夫斯基愿意接受我们的奖项，并答应到广州领奖，实在令我激动。应该说，特朗斯特罗姆获"诗歌与人·诗人奖"令这个奖得到更大的关注，但扎加耶夫斯基亲临中国领奖，无疑是为我们的奖进行了加冕。

不过，老扎还是表现出米沃什般的谨慎。最初，我告知他中国有多位翻译家把他的作品从英文翻译成了中文，希望他授权出版，但他给我推荐了身在波兰某大学教中文的波兰语翻译家乌兰老师。老扎似乎更信赖从母语翻译过来的文学行为。多年后，有中国媒体采访老扎，问到他 2014 年那趟中国之行给他留下了怎样的印象。他对他所了解的事情，不吝赞美。2014 年 3 月 31 日的颁奖典礼上，在发表获奖感言之前，老扎临时加进了一段自由发言，大意是他号召所有的人来帮助"诗歌与人·国际诗歌奖"这个奖设立基金会，让这个奖走得更远。他内心的真诚，感动了在场所有的人。

我所认识的扎加耶夫斯基，你越是了解他，你就越爱他。老扎不笑的时候，看起来十分严肃，但当他笑的时候，他是仁慈的、是灿烂的、是动人的。他不仅对人热情，对小动物也满怀爱意。那次在广州光孝寺，遇见一只吃素的白猫，老扎就弯下腰抚摸了它，充满无限的怜爱。这让我想起2015年5月，我去波兰格但斯克大学出席我的波兰语诗集的首发式。老扎不但为我的书写了序言，还专程从克拉科夫坐几个小时的火车到现场读我的诗歌。第二天，老扎陪我上街随意走走。老扎走得不快，对有兴趣的事物，他会停下来仔细观察。当看到一个用音乐来乞讨的小姑娘时，善良的老扎早已从口袋里掏出了零钱。我想起老扎《自画像》中的诗："……我听过很多音乐：巴哈、马勒、肖邦、肖斯塔科维奇。/ 在音乐中我找到三种元素：力量、软弱和痛苦。/ 第四种元素没有名称。"诗歌里的老扎与现实中的老扎互为光辉。他的人格魅力一直影响着我。在波兰的日子，我与他一起出席一些社交活动，我让他走在前面，但每次他都让我走在前面。他是如此平易近人，又如此谦逊。

今天想来，老扎之所以成为老扎，是因为他不断生出自己的精神之光。他身在波兰的文学传统中，诗人之间的薪火相传照亮了他，并成为纽带。波兰沉重的历史和记忆，是扎加耶夫斯基写作的资源，包括怀疑精神与反抗意识。二十多岁时，扎加耶夫斯基投身"新浪潮"诗歌运动，他带着不竭的热情与追问让他拥有了勇敢的品质。大学毕业之后，扎加耶夫斯基被分配到一所冶金学院工作，后来转做文学编辑。这期间他的身影常出现在不同的抗议活动现场。1979年，他到德国暂居，那段写作的日子相对平静。1982年，他移居巴黎。去国是艰难的，但离开给出了他思考的空间。后来老扎说："初登文坛时，我被认为是一个愤怒的青年、一个政治上坚决反体制的诗人，这有时让我烦恼。这样的诗，我很早就不感兴趣了。我明白，真正的诗歌在别处，在党派的临时纷争之外，甚至超越了（各自意义的）反叛。"作为一名当代波兰诗人，身上的历史感无时不在，隐痛藏于心。波兰作家借力打力就像靠山吃山，但扎加耶夫斯基已经不再纠结于历史，而是有了新的转向。放弃意味着另一种获得。到巴黎后不久，扎加耶夫斯基遇见了自己精神意义上的"父亲"米沃什。而这之前在波兰，扎加耶夫斯基得到过辛波丝卡、赫贝特等重要诗人的帮助。老扎会谈起赫贝特对自身的滋养："他的访问改变了我的文学观。不是立刻，而是缓慢地、稳步地改变。此后，我认真地跟踪阅读他的作品，而且我注意到，跟某些荒诞主义者不同，赫贝特没有先入的偏见，没有关于这个世界的先验的理论。代替教条，从他那里我发现一种对于意义的灵活、非受迫性的寻求，就像一个黎明时穿过意大利小镇的人。他的诗，有着战争、被占领时期、灰暗的极权主义制度打下的烙印。但它仍保留了某种人文主义的乐观、明朗。"我们看老扎的诗歌，随时能找到这样的精神轨迹。伟大的文学始终接近真实。

作为一个战后出生的诗人，东欧的历史遗产不可能不为东欧的诗人、作家所使用，但扎加耶夫斯基已经意识到不能像上一代米沃什等前辈那样去写作，他们亲历二战与大屠杀，而自己并没有遭遇"罕有的时刻"。老扎在《另一种美》中说：

"我没有见证犹太人的灭绝,我出生得太晚。然而,我见证了欧洲恢复记忆的渐进过程。"不需要成为二战的见证诗人,但参与记忆的恢复已获得新的内涵和意蕴,被记忆的现实是最深的存在,仿佛活在历史之中。旅居巴黎的扎加耶夫斯基并不引人注目,这给了他重新写作的可能,在那里,他的观念得到了摆脱。他并没有随大流,不去选择迎合西方知识分子的喜好,抵制作为廉价的见证者,而是决心走出东欧文学的横切面。

文学的价值在于探寻、揭示人的状况与命运。扎加耶夫斯基完成的文学伟业已经熠熠生辉,在东欧文学的大地上,他是诗歌岁月里隆起来的大山。扎加耶夫斯基写作是为了不忘历史,他不回避恐惧,但退避集体经验。从写作的高度上来说,他机智、简洁、沉实、幽默、讽刺,语言细腻,形式与内容的张力不断蔓延,抒情的空气里回旋着绝望,却又持久地带来慰藉。但他又不停留在此,而是从非人道的窄道里走出,他自身的道德热情超越狭隘的生命意识,把人类生存中永恒的特质写出来,接受恐惧就像悦纳狂喜,从而成为崇高的典范。作为诗人的意义取决于他以何种方式影响我们。诗人是被挑选出来的,以爱为天职,这也表现在他高超的技艺上,他捕捉到人类命运中最敏感的部分。今天重读扎加耶夫斯基的诗歌,就明白自"9·11"事件以来,他的诗歌被广泛阅读所产生的同频共振:它一旦穿过我们,我们就不再是原来的我们。

作为伟大的诗人,扎加耶夫斯基建立了一种力量,带着精神的闪光,面对黑暗寻找光明,就像他的诗歌写到的"诗是

隐藏绝望的欢乐 / 但在绝望下面——有更多的欢乐"(《雨中的天线》)。他的诗歌不仅仅是愈合,也不止于和解,而是敞开着盘旋出形而上的思想,那是他信任人类精神力量的天赋,能够恢复我们的童真。诗歌不允许我们忘记什么是困难与痛苦,扎加耶夫斯基在绝望中爱这个世界,他超然的精神之境,是人的生命辽阔又充盈着博爱的回声,就像他每次见到黎明日出,从不扼制生命里的狂喜。他自身不灭的光束在随着时间移动,持续赞美这遭损毁的世界。

他的荣耀，与自然联系在一起

诗人盖瑞·斯奈德今年九十三岁了。对于人与自然的关系，他一直都深切关注着。斯奈德用自身向自然致意，以亲近自然的姿态来创造一种境界，他活成了一种预言。当我们人类忘记与自然的缔约，遭遇自然的报复时，我们就意识到他作为生活先知的存在。

斯奈德被誉为"当代梭罗"，显然，比起启蒙过他的生态作家梭罗，斯奈德走得更深远，他对时代语境的把握有超前性，他将个人的践行与自然治愈的本质结合起来，把心灵深处被囚禁的情感解放出来，使自然万物放射出与人同在的全部光辉。《巴黎评论》这样评价斯奈德："他完全可以被视为梭罗之后，第一位潜心思索如何生活并使其成为一种可能范式的美国诗人。"这也对应了美国诗人哈斯说的："从西方朝东方观看，而非从东方望向西方文明，盖瑞·斯奈德被称为第一个美国诗人。"

一、与生俱来的自然之梦

1930年5月,盖瑞·斯奈德出生在旧金山,在他不到两岁时,他们全家回到西雅图,买下城北的一片采伐地——一间简陋的小木屋。当时美国经济大萧条,生活难有着落。很小的时候,斯奈德就从父亲做牛奶小生意这件事情上过渡到自己做鸡蛋小生意。打小,他就有了独自生活的能力。高中毕业后,斯奈德被里德学院录取,获全额奖学金。他主修人类学,研究西北太平洋本土文化。

不少人好奇,斯奈德是如何心仪中国文化乃至东亚文化的。少年时代,斯奈德就对诗歌、艺术产生浓厚的兴趣,十岁时,他从博物馆接触到山水画,还有印第安原住民绘画。古典绘画带给他浪漫的快感和另一个空间的想象,而本土生活、森林里的工作让他对自然天然产生了心灵的诱惑。十六岁时,斯奈德的第一篇散文便是他登山的感悟。后来,去加州大学伯克利分校读书时,他选择了东方语言,这是影响他一生的选择。在那里,他成为中国学者陈世骧的学生。这之前,他已被埃兹拉·庞德和阿瑟·韦利翻译的中国古代诗歌深深吸引。十九岁时,他读到翻译成英文的中国诗;二十岁左右,他已经阅读了《道德经》《庄子》《论语》,并延伸到佛教方面的书籍。一切的合作都带有神秘性。与陈世骧的这段师生缘,其实就是中国缘。在陈老师的帮助下,他翻译寒山的诗歌,之后漫长的岁月里，他还翻译王维、李商隐、杜甫、李白、白居易、苏轼等诗人的诗歌。斯奈德说："正是中国古典诗歌把我从少年时代对美国西部山地荒蛮大自然的盲目崇拜中解脱出来，在中国诗人眼中，大自然不是荒山野岭，而是人居住的地方，不仅是冥思之地，也是种菜的地方，和孩子们游玩、和朋友们饮酒的地方。"

二、青年时代的选择与东亚的游历

中国作家柳青说过："人生的道路虽然漫长，但紧要处常常只有几步，特别是当人年轻的时候。"在加州大学伯克利分校的这段时间，年轻气盛的斯奈德遇到艾伦·金斯堡、杰克·凯鲁亚克和其他"垮掉的一代"作家。这之于他的人生是一次重要的印记。青年时代的理想与激情以反抗之名抓住了生命探索的时刻。1955年夏天，斯奈德在约塞米蒂国家公园护路队工作，那个时间段，他找到了诗歌新的方向，获得了自我的完成。10月13日，在旧金山黑人区破败的画廊举行的"六画廊诗歌朗诵会"上，金斯堡朗诵了《嚎叫》，而斯奈德朗诵了他的《酱果盛宴》。这场朗诵会在文学史上有承前启后的意味，后来被定义为"垮掉的一代"正式迈入历史。恣肆不羁的诗人作家怎么突然对禅宗感兴趣起来？一面是无所顾忌的、绝对的宣泄，另一面是淡然如行云流水的情趣，两者是如何找到平衡的？九十三岁的斯奈德今天回顾说，当人们喧嚣、反叛、声嘶力竭之后，更需要宁静、质朴、克己、闲寂的心境，正是这样的情绪，禅宗为玩世的他们所着迷。

二战结束后，世界一片迷茫，人们开始寻找心灵的慰藉和生命的意义，禅宗正是在这个背景下于美国找到了土壤。"垮掉的一代"，他们的灵感呼应的禅宗，就是铃木大拙的认识人自己的自性的生命之流。生于1870年的铃木大拙，他是日本著名禅宗研究者与思想家。海德格尔曾说过："他说的每一句话，都是我想表达的。"1950年至1958年，铃木大拙在哥伦比亚大学讲授禅学，无论是他的书或者讲座，都带给了艾伦·金斯堡、杰克·凯鲁亚克、盖瑞·斯奈德等人从陷阱中解脱出来的感受，他们由此成为狂热的禅宗爱好者。

1956年，在"垮掉的一代"声名鹊起的时候，斯奈德选择离开中产阶级兴起、物质丰富的美国，漂洋过海到当时还很贫困的日本，这对于他来说要拒绝多大的诱惑呀。这也印证斯奈德追寻东方哲学的决心和内心梦想的归宿，不是为了机遇和名望，反而是从"有"到"无"。到日本后，斯奈德在几座临济宗寺庙住了很长时间，像真正的僧人那样生活。除了与小田雪窗等禅师学禅之外，斯奈德从杰出的日本诗人榊七尾身上学到了很多，让他明白如何同时在日本的内城和远山生活。对禅宗的修行，斯奈德期待在清规戒律的生活中抵达个体和整个宇宙的解放，具体到写作中，他这样说："它四处流动，来去无踪，必须把你的身体与意识完全放松，就像禅一样，以迎接它的随时拜访。"

每个人都有自己个人生活上的革命，斯奈德是自觉的先行者。漂洋过海十二年之后，斯奈德决定重返太平洋西岸。回到美国，斯奈德与日裔妻子选择加利福尼亚北部山区，过着自然与人同在的生活，进行森林环保劳作与禅宗实践挑战性的探索。此时，无数的学校和团体慕名来邀请他做讲座，生态政治和教育构成了他的生活。他说："我做过的工作像我读过的书一样多，这一点对于塑造我的自我意义重大。"大自然依然在塑造着他，那里是广袤的星光共和国。每天早上，斯奈德自己，也教别人，就在暗中打坐、参禅。早晨的光线照进屋子，照亮他们。那光线把人与自然链接起来，使他们这些山居者焕发出新的能量。

有记者采访的时候，斯奈德也回想在东亚的点点滴滴。他曾在一艘环太平洋航行的油轮工作，随后和艾伦·金斯伯格在印度和尼泊尔游历。这也是历史上首次美国诗人体验印度。这些旅途让斯奈德对东方有了更多新的体验，他把游历写进了《印度之旅》中。但在很长时间里，他都无法来到中国，直到 1984 年。这一年，盖瑞·斯奈德与美国诗人艾伦·金斯伯格等人作为美国作家代表团的成员一起来中国访问，终于一圆他数十年来的亲临中国之梦。此次访问，他特地和他在上海出生的日裔妻子以及金斯伯格一同前往苏州寒山寺。在斯奈德看来，寒山诗歌中孤独、偏远的意境与美国西部是相通的。盖瑞·斯奈德曾说，中国文化、文学对他的影响是百分之七十，后来在一次采访中说是百分之四十。斯奈德将中国诗歌奉为人类文明的指针,"过去两千年居住在长江黄河流域的人民所创造的诗歌……已经造福了这个世界,将来也会持续地教导我们,启迪我们"。人们信赖斯奈德是学者,是因为他从不把东亚神化,他在一次谈话中说道:"把过去植入你们文化的根中,从而创造一种现实的新文化。"

斯奈德再一次出现在中国人的视野里,是 2009 年 11 月 27 日晚。在"香港国际诗歌之夜 2009"朗诵会上,盖瑞·斯奈德作为压轴诗人出场朗诵,迎来无数的读者。多年后,有人问斯奈德为什么没首选去中国。斯奈德说,那时候美国与中国还没有正常来往。历史无法假设,那个时代的中国是否错过他的身影。日本的俳句诗歌很厉害,但中国诗歌更吸引他。那么古典中国是斯奈德精神的源头吗?事实上,斯奈德对人类文明本身和发展有着强烈的探索愿望,更早的时候他就知道自己不可能一辈子只抱着美洲本土文化和价值不放。他来到东亚,整个东亚的文化都影响着他。我们看他的诗歌《松冠》就是一个例证:

蓝色的夜
霜霭,空中
明月朗照
雪之蓝令松冠
弯垂,融入
天空,白霜,星光。

靴子的嘎吱声。

兔迹、鹿迹，

我们知道什么。

三、2021，一个中国人的致意

人世间的事情都得讲缘分。2012 年，盖瑞·斯奈德先生应邀来澳门，我恰好在澳门参加诗会，就在那里见过先生。我当时萌生过给他颁奖的念头，也不知道为何没有抓住这个想法。就这样过了好多年，直到身在美国的中国诗人王屏向我提起他。这个缘分就推迟到新冠肺炎疫情在全球蔓延的日子。20 世纪以来，对中国、对东亚文化如此有践行精神的美国诗人，盖瑞·斯奈德先生是绝无仅有的。东方世界缺一个给斯奈德先生的奖。他的写作、他的修行、他的生活方式已成为一种经典。正是这份感动，让我不想再错失良机，我把第十四届"诗歌与人·国际诗歌奖"颁给他。

我给他的授奖词这样写道：

> 在漫长的岁月里，斯奈德先生整合了自然情感的反射，以自然审美为格调，致力探索文明与自然的诗学，在自然与社会之间建立起互惠的同一关系。早年他向往遥远之地，深入印第安民族生态的实践，后来又结合东方禅宗文化的参悟，形成了独特的自

然生命观。斯奈德深得自然的禀赋，他向远古的生命与文明学习，展现出了对于自然、生命、物我关系的深层思考，为人的自我实现提供了有益的尝试。在这一过程中，他将东西方永恒的思想做出了当下的理解与表达。他是清醒的大师。他以清洁的灵魂呼吁人们重拾"古老的同心"，重塑古老文化的根源，找回朴素的生活，在诗歌中重建了一个人类可以栖息的世界。盖瑞·斯奈德从东西方文化角度来观察自然、宗教、文化、社会、历史、思想，他的诗歌既根植于广袤的土地，在移情自然之时，又展现出了工业化时代现代人对生存环境的关切和忧虑，表现出他永恒的爱和果断的纠正。他的诗歌高度凝练、简洁生动、神秘清冽、意境深远，在节制的文本里，他直接、具体、明快地呈现出自然所蕴藏的诗意，寻觅到事实之外的事实，让语言成为自然的一部分。20世纪60年代末期已经成为"美国新文化英雄"的盖瑞·斯奈德是一个时代的声音，无论作为"垮掉的一代"的精神高山，还是作为"自然代言人"的诗人，他毕生把历史和荒野之地纳于心中，不断以诗性去接近事物的本质，从有限性的生命里生长出无穷的力量，以对抗时代的失衡、紊乱及愚昧无知。盖瑞·斯奈德拥有多重的身份，却是一个充满传奇色彩又有特殊意义的诗人。他把诗人、行动者、理想者的身份完美结合起来，一个人创造了一个足以对抗异化的强健世界。盖瑞·斯奈德是一个真正将大地的光荣归还大地的诗人。

因为疫情，无法前来中国，斯奈德先生在线上宣读了他的答谢词：

> 感谢黄礼孩先生。您为我写的颁奖词富有魅力，让我受之有愧。在太平洋彼岸，一个文明古国能如此充分并深切地领悟我一直以来在作品和生活中努力传达的意义，真是令人满足和欣慰。在2020年代这个复杂的世界，这个奖项会帮助我们说出一些更加深刻的真理，找到更加共同的语言。我相信我们拥有同样的根系，来自同样的大地。
>
> ……
>
> 我的诗歌、讲座和文章是我的一部分，深植于我的写作、我的地方，来自我的双手，我的家人，我的诗歌社群，我的东方哲学研究和实践，我对中国诗歌的翻译。这些都相互维系，不可分割，就像枝叶无法脱离树木，河流和山脉互相环绕，生命和大地紧密连接，或者诗歌与人彼此浸润。
>
> ……
>
> 我们是我们的行为、饮食、话语、写作和翻译

的总和。我们是自然的一部分,当我们的世界变得越来越工业化,这个简单的事实经常被遗忘,被忽略,被压制。只有诗让我们对此真相保持清醒。这种诗歌让我们每天践行荒野,也就是尊重自然;培养和帮助各种各样的人;尊重所有种族的女性;把人类看作地球上丰富多样的生物之一;简单而优雅地生活。

简单而优雅地生活,听起来简单,但是需要勇气、自律和坚持不懈。

不过诗可以帮助我们,因为诗的真正本质即是简单和优雅。诗是一种生活方式。诗把我们所有人联结在一起。

你的"诗歌与人"奖如此简单而优雅地编织起诗、人和大地的网络。我很荣幸成为这美好世界的一分子。

在这个时代,"诗歌与人·国际诗歌奖"颁给他,显示了他坚守大地上古老价值的时间意义,这也是大自然文明诗学的胜利。盖瑞·斯奈德说:"我们的任务,是把玫瑰归还野薇蕾,把诗歌归还土地。"这位自然之子、人类的赤子,九十三岁了,还在为之奋斗,但愿世界给他足够长的时间。

我所知道的恩岑斯贝格

2016年在给伟大的沃尔科特和杰出的西尔泰什颁奖后，我想要继续为"诗歌与人"这个奖寻找到从判断意识的镣铐中挣脱出来的，为人类的诗歌书写拓展了新途径的诗人。这些年，在我评奖的视野内全世界有十几位重要的诗人，比如德国的恩岑斯贝格，他就是我所尊敬的大诗人。他独立、犀利、干练、清醒，有着冷的锋芒、超然的身影和持久的歌唱。

2017年2月27日，我尝试着给汉斯·马格努斯·恩岑斯贝格先生去信，向他介绍"诗歌与人·国际诗歌奖"。这之前，汉学家顾彬先生给我推荐过恩岑斯贝格先生，他认为如果把"诗歌与人·国际诗歌奖"颁给这位在他看来是"德语的鲁迅"的恩岑斯贝格是一个不错的选择。不过，他觉得恩岑斯贝格是否乐意接受我的诗歌奖，也是一件有难度的事情。对此，我既自信又忐忑，不知道大诗人在经历过人世间的大风浪和赢得更多的荣誉后，是否在意我们这个年轻的诗歌奖项。

邮件发出去后，我每天都像恋爱中的人一样渴望着对方的消息。3月7日,恩岑斯贝格先生回信了。他在信中说,非常荣幸能够获得第十二届"诗歌与人·国际诗歌奖"!他告知了住址,期待我能去慕尼黑与他见面。先生还在信中说,他可以带我们参观一个机构:Lyrik-Kabinett(诗歌珍藏室)。这是一个私人基金会,拥有德国存书量最丰富的诗歌图书馆,还珍藏了很多罕见的私人印刷的书籍、艺术作品、首版图书等。那里也有读者和学者读书的空间,有时举办讨论会、读书会和展览。先生的回信让我兴奋、感动、鼓舞,似乎有钥匙在阳光里叮当作响,一个闪亮的日子在前面敞开,我能感受到一位素未谋面的大诗人迎面而来的巨大的热情。

传奇的大诗人汉斯·马格努斯·恩岑斯贝格于我如远方之镜,不是观看之物,而是现实的透视场。对于他,我略知一二。这之前,我阅读过贺骥先生翻译过来的诗人的诗歌,我忘不了一些直击内心的句子:"活人把骇人听闻的消息告诉死人"(《诗人为何说谎》)、"一位侧耳倾听的囚徒/掩埋在我的肉里"(《囚徒》)、"习惯的力量/支撑着权利的习惯"(《习惯的力量》)、"每一个残暴的警察身上都藏着/一个会心会意的帮手和朋友,/在他们身上也藏着一个残暴的警察"(《哲学系学生会》)、"云,没有恐惧,仿佛知道会有来世"(《云说》)……我意识到这样犀利又饱含深意的语言必然让诗人走向果实的欢呼。此后,我还读过居住在德国的姚月女士翻译过来的恩岑斯贝格的诗集《比空气轻》、小说《将军和他的子女们:一段德国历史》和他的传记《动荡:亲历20世纪60年代运动》。恩岑斯贝格之于中国诗人，多少是陌生的，与一些诗人聊起恩岑斯贝格，知道的并不多。怪不得，后来在与诗人见面时，他幽幽地说自己在中国的知名度不高。但诗人西川就不一样，他宽广的视野让他了解到目前哪些国际诗人是最前沿的、最有影响力的。西川先生知道我要给恩岑斯贝格颁奖后说，恩岑斯贝格是国际顶尖诗人，他愿意接受"诗歌与人·国际诗歌奖"的奖项，这个奖真正成了国内颇有品质、颇具国际范的奖项了。翻译家李以亮很早已读过恩岑斯贝格的英文版诗歌，说他是二战后硕果仅存的诗人。德国战后文学有"三位一体"之说，这三人分别是获得诺贝尔文学奖的君特·格拉斯和创造了"角色散文"的马丁·瓦尔泽，另一位是获得索宁奖的汉斯·马格努斯·恩岑斯贝格。

1929年11月11日，汉斯·马格努斯·恩岑斯贝格出生于德国巴伐利亚小城考夫博伊伦。他的童年在纽伦堡度过，后来受战乱影响，举家迁往巴伐利亚中弗兰肯地区。他的高中在内尔特林根市完成，大学则分别在德国埃尔朗根、汉堡、弗赖堡和法国巴黎求学，学习文学、语言和哲学。1955年，他博士毕业，论文为《弗朗兹·布伦塔诺的诗学》。毕业后，他在斯图加特南德意志广播电台《广播·杂文》栏目任编辑。1957年之于恩岑斯贝格是一个重要的时间，他的处女作诗集《狼的辩护》问世。在《豺狼的辩护词》中，他这样写道：

赞美强盗：怀着

被强奸的愿望,
你们慵懒地躺在
驯服的床上。一边哀求
一边说谎。渴望
被撕碎。你们
改变不了世界。

——《豺狼的辩护词》(贺骥 译)

如此笔锋刚健的诗歌正是其沉思和激辩风格的初现。三年后,他的另一本诗集《国语》更是让人看到这样一位迅猛的批判者的姿态:

…………
我们混迹于盲人之中,
在停尸房、商店和军械库,
但这些并不是全部,只是一半,
这里是荒凉的冻原,
举国陷入成功的疯狂,狂人披着
单薄的貂皮大衣劲舞,跳碎了膝盖,
在永恒的遗忘症之春
…………

——《国语》(贺骥 译)

两部诗集一问世就引起关注，这给他带来钻石般的光芒，以至思辨性的诗歌在他后来的写作里随时出现，比如《认知服务治疗》：

> …………
> 那是一个人，把自己当作但丁。
> 那是一个人，除了但丁，其他人都把他当作但丁。
> 那是一个人，所有人都把他当作但丁，只有他自己不相信。
> 那是一个人，没有人把他当作但丁，除了但丁。
> 那是但丁。
> ——《认知服务治疗》（邱晓翠 译）

有光晕的诗歌是审视与反观，是对正常反应的东西的成功颠覆，是对反感的否定。《认知服务治疗》应是他"否定性诗学"的一种文本实践。

恩岑斯贝格形成更大的社会影响力是在1968年。1968年是一个不可能再复制的历史年份，是一份人类反抗精神的遗产。这一年，要求自由、民主、变革呼声的浪潮涌起，人们反越战、反种族主义、反民族主义，反叛的声音在那个春天飞扬。当时德国学生运动的一个中心议题是：德国是一个压迫型的社会——德国没有从第三帝国状态中走出来从而成为一个真正的民主国家。那时的恩岑斯贝格尽管已经不是大学生，但在那个弥漫着骚乱、动荡和反叛的氛围里，他是裹挟着自由灵魂的风，是持怀疑态度的启蒙者，他敢于去批判使人民处于被动状态的社会。这一年，西德政府颁布《紧急状态法》，恩岑斯贝格和瓦尔泽、魏斯旗帜鲜明地反对该法案。恩岑斯贝格这样的举动并非心血来潮，在此之前的1965年，他创办的杂志《列车时刻表》已成为新左派和学生运动的喉舌和重要的舆论阵地，恩岑斯贝格也一度被视为新左派的精神领袖。1966年，恩岑斯贝格被说服并被委以重任在两万五千人面前做演讲，他激情的、有力的、长篇大论的演讲不断刺激愤怒的人们。恩岑斯贝格是一个矛盾的人，有时他反思自己的言行，继而反感自己的行为。不过，他并不逃避，他对自己的话语负责。在当了十几年的新左派后，1980年，恩岑斯贝格和智利作家萨尔瓦多在慕尼黑创办《横渡大西洋》，从此脱离新左派。在他的身上，我似乎看到他不断更新的奇迹。

并不是所有的诗人都拥有传奇的一生，但恩岑斯贝格却为命运所选择，就像他说的"我的祖先使我降生于德意志"，他的出生也是没有选择的。也许是与生俱来的叛逆和不顺从让他去经历、去冒险、去抗争。他不相信那些道听途说的东西，他要亲自去感受这个世界。正是这样的壮举，让他遇见了赫鲁晓夫、西哈努克、卡斯特罗、杜布切克等近一百位政治人物，他直接走进了社会主义的阵营，目睹了别人所不知道的一切，改变了自己的一些看法。

他与俄国人玛莎的爱情故事更为曲折和传奇。玛莎是苏联作家协会领导人、无产阶级文学的主要倡导者法捷耶夫(《青年近卫军》的作者)和诗人玛格丽塔·阿利格(长诗《卓娅》的作者)的女儿。相对于后来在反思和悔恨中自杀的法捷耶夫,恩岑斯贝格从第一天起就欣赏和崇拜玛莎的母亲玛格丽塔。他说:"有时候,她给我的感觉像是一个《圣经》里的人物,但很快她又回到小女孩的模样。她无法长期维持像她的同事和同胞们那样的自我欺骗。政治幻想的抹杀也是一个渐进的过程。很难说,伤口何时会愈合,也不知智慧何时会开启。她从未失去勇气。她未曾写过赞美斯大林的诗。在'解冻'的那几年中,她成功出版了阿赫玛托娃、帕斯捷尔纳克和茨维塔耶娃的诗集。"

那时的玛莎二十三岁,读美国文学专业,有一个不知道去向的丈夫,这自然是不幸的。此时与婚姻不理想的三十六岁的恩岑斯贝格相遇,相互的吸引让他们推开他者的眼光走到一起。在恩岑斯贝格看来,玛莎的眼睛有着迅速在金属灰和绿松色之间变换的闪光的蓝,她是如此妖娆而迷人。因为爱情,他们各自离了婚。战后的一个苏联女人与一个西德男人能走在一起,他们经历了艰辛,遗憾的是因为性格与文化背景的差异,这段婚姻没有给诗人带来更多美好的光景。诗人有一首《离婚》,是否写他们的遭遇不得而知,但他写出了:

....

铮亮的事实:
从现在起一切不再真实。无嗅、清晰

像护照的照片，这陌生人，

和他桌上的茶杯，呆滞的眼睛。

....

——《离婚》（姚月 译）

爱带来难以拒绝的甘露，也带来伤害，恩岑斯贝格说："这疯狂的爱是一场战争，没有败者，也没有胜者。"

20世纪60年代，恩岑斯贝格游历世界，除了他的政治影响，他的诗人、作家、学者、革命者等身份同样熠熠生辉。从1957年恩岑斯贝格出版第一本诗集到1962年出版首部杂文集《细节》，他毫不畏缩，他作为敏锐的感光板，因为正视时代问题的勇气，迅速地被关注。由此，他的写作一如在黑暗中的挖掘，触及社会神经的作品也多了起来。在德国翻译了恩岑斯贝格代表作《泰坦尼克号的沉没》的邱晓翠说，诗人可谓著作等身，粗略统计，他出版了诗集二十三部，杂文随笔集二十五部，小说集十二部，戏剧五部，电影一部，广播剧两部，儿童文学四部，另有合集十三部。现在，诗人的热情从未消退，他有着超强的创造力，随时能出版新作。恩岑斯贝格的著作从数量上来说异常惊人，从类型上来看也彰显了他的丰富性，他能有今日在世界文坛上的地位，靠的是铮铮作响的作品。

我在德国汉堡、慕尼黑、卡塞尔、法兰克福四座城市，与不同的德国人聊起恩岑斯贝格，他们都对诗人满怀敬意，他们都读过诗人的作品。回国后，我与暂住在广州的德国朋友倪娜聊起恩岑斯贝格时，她说在德国时就读过恩岑斯贝格写的《数字魔鬼——给害怕数学人的枕边书》，她也因此对数学有了改观。一个诗人写了一本数学的书，而且成为经典，这在全世界都不多见。我折服诗人其令人愉悦的科学的智慧。私下想，如果恩岑斯贝格不当诗人、作家，他会是一个数学家吧。2006年，恩岑斯贝格获得柏林-勃兰登堡科学与人文科学院媒体奖，并获得以自己名字命名的数学三维代数曲面"恩岑斯贝格之星"，我猜想与这本书带来的影响力有一定的关系吧。一个人这么高的成就是如何建立起来的？我希望见到恩岑斯贝格先生的时候，当面请教这个问题。我们知道，深刻去了解一部伟大作品出现的缘由，除了了解时代背景和诗人的气息、天赋之外，如果能获得隐匿于作品中的神秘力量，这将是一种导入的方式。

恩岑斯贝格先生让我着迷的另一处，是他从20世纪60年代起就见过非常多的世界著名诗人、作家、哲学家、艺术家和政治家。作为同时代的诗人与作家，他是用什么眼光来评判他们的？如何来打量他们的逸事和琐碎的私生活的？我迫切地想通过他来了解他那个时代的文化人的故事。前几年，俄罗斯诗人叶甫图申科带着病躯到北京领取中坤诗歌奖，我正好在现场，看得出来，他的身体很虚弱，但他朗诵的时候，声音开始爆发，如飓风掀起海水，他的长手臂比画的手势，他燃烧的表情一下子把你带入他的世界。后来，我在恩岑斯贝格那里印证了一个看法，20世纪60年代叶甫图申科爱出风头，他的出现就好比去美国好莱坞的明星出场。显然,叶甫图申科的记忆力很不错,他一见到恩岑斯贝格,马上提起他们在列宁格勒(现名为圣彼得堡)见过面,还有那个非官方节目的摇滚之夜。有记者把恩岑斯贝格与叶甫图申科比较,认为他是叶甫图申科"愤怒青年"的翻版。对此,恩岑斯贝格认为是一种不幸。恩岑斯贝格对另一个诗人聂鲁达的印象怪异得多,他回忆起与聂鲁达在莫斯科的见面:有一次,他们被邀请去一位讲究的俄罗斯人那里做客,恩岑斯贝格看见聂鲁达在一幅画前下跪,他的眼睛无法离开那幅画,他这样告诉女主人后,她惊呆了,以致最后她不好意思不将这幅他期望的作品送给他。人们无法对聂鲁达的这种热情生气。恩岑斯贝格说,有时他是一个孩子,有时是一位大师,但一直是一个诗人。

在众多诗人名家中,阿赫玛托娃大概是他难以忘怀的缪斯,他认为她是从未退位的女王。恩岑斯贝格与阿赫玛托娃曾同获西西里岛的诗歌奖。他记得她出场的样子:七十五岁的她是以怎样的姿态登上讲台。一个骄傲自豪的美女,她的诗经历了几十年的坎坷。恩岑斯贝格作为一个遭遇世界的人,太多的人在他的记忆里,只是有些记忆他未必愿意再去述说。他一直保持着自己固有的顾忌。我迷失于诗人在他年富力强的岁月里,无论世界多么丑陋和充满苦痛,他都愿意去见识不同的人生,遇到众多了不起的诗人、作家,这本身就是一种传奇,一种交流方式,诗人接受到了其他语言和文化养料。

与恩岑斯贝格先生通信的时候,我诚邀他到广州来接受我们的致意。先生说，他年岁已高，医生不同意他进行漫长的旅行，但他很是渴望能够在近四十年之后目睹广州这座城市的繁荣新貌。先生说，1976年他曾经访问过广州。我十分好奇，问他能否找出当时在广州的留影照片，要是他能找到当年的照片，时光就有流转的味道，仿佛我作为倾听者也能回到遥远的岁月里去，在自己生活的城市遇见喜爱的大师。

诗人不能亲临他来过的广州自然是一种遗憾。我唯有登门拜访先生了。无论如何，我不想错过与伟大诗人面对面的时刻。记得2015年，联系诺贝尔文学奖获奖诗人沃尔科特先生的时候，如果我有今天坚决的态度，去一趟遥远的加勒比海边的圣卢西亚，就能拜会到内心尊敬的大诗人。因为生活不是我们活过的日子，而是如另一位在加勒比海边生活过的大师马尔克斯说的，生活是我们记住的日子，被讲述的日子。

我曾经说过，"诗歌与人·国际诗歌奖"要把自己带到世界众多大诗人的面前，向他们请教，感受他们作为伟大诗人的思想气场。恩岑斯贝格先生心有余而力不足，无法再访问中国，去诗人居住的慕尼黑便是我毫不犹豫的决定。后来，我想无论在哪里见面，都是让人期待的事情，重要的是你与什么样的人会面。只要心存去联结人类灵魂的巨链，你的心力总会抵达那里。在恩岑斯贝格先生同意接受我们的奖项后，有一天，我无意在书店看到一本《501位文学大师》，这本书选取了自荷马以来到当下的全世界501位小说家、诗人、剧作家、哲学家和散文家，深度分析了这一领域杰出的从业者，并严格评估了他们在世界文学史上的地位。令我一下子兴奋异常的是恩岑斯贝格先生名列其中！书中这样评价诗人的风格和流派：恩岑斯贝格是战后德国最重要的诗人之一。他的作品以激进的个人观点为特征，多以与经济和阶级问题相关的国内动乱为主题。这一发现和印证与2011年在给瑞典大诗人特朗斯特罗姆先生颁奖半年后他获得诺贝尔文学奖一样心动，而如今获得"诗歌与人·国际诗歌奖"的诗人恩岑斯贝格原来已经被评选为文学大师，原来他不朽的诗作已雕刻在以往的岁月里，只是这之前我不知道而已，所幸没有错过。另外，已经获得"诗歌与人·国际诗歌奖"的沃尔科特先生也赫然在册，同样是令我欣喜雀跃。"诗歌与人·国际诗歌奖"幸运地遇见她应该遇见的诗人！由此，我也坚信一个人练就自己高超的判断眼光和审美能力是多么重要。

去往慕尼黑拜会诗人是一种兴奋与陌生，也伴随着无从把握的不确定，就像写一首诗歌，从一个词到另一个词，不知道它会把你带往何方，但我知道无论如何，这个日子是值得自己铭记的。与恩岑斯贝格先生约好是7月11日下午见面。我记得这一天早上的阳光异常灿烂，居民小院的花儿都开了。选择一个良辰吉日去拜访诗人，生命的记忆溢满芬芳，仿佛花朵的绽放或果核的裂开。我们一行六人乘公交车到与翻译家丁娜说好的地方碰头。丁娜是20世纪80年代就到慕尼黑生活的中国人，她翻译了很多德国文学作品。当我通过《世界文学》主编高兴先生联系上她，希望她能到场帮忙翻译之时，她喜出望外。她与恩岑斯贝格虽然生活在同一个城市，但她一直没有机会接触到大诗人。

下午三点，穿过大街走过小巷，我们来到了恩岑斯贝格先生的工作室。之前就见过先生好多照片，我眼前的他一下子就生动起来，亲切起来。他的眼睛炯炯有神，是蓝色的，这让我瞬间想起我见过的大诗人特朗斯特罗姆，他们有着相同的深邃的眼神，犀利有力但又散发柔和之光。先生有些瘦，显得修长，这么大的年龄了，风度依然翩翩。他握我的手有力，走起路来潇洒！天呀！一点儿不像八十八岁的年龄。八十五岁的时候，先生整理出版了自传《动荡》，他自嘲说自己没有阿尔茨海默病。每天散步两个小时，先生保持着身体活泼的节奏。记得恩岑斯贝格为其祖父写过一首诗歌，说他的祖父是一个有福之人，九十七岁时在医院看到娉婷迷人的女护士，竟然心甘情愿生病下去。恩岑斯贝格不是他的祖父，但乐观的精神、幽默的性格和长寿的基因，让你看到一个真正的诗人活到老美到老的样子。看到他这么硬朗的身体，我之前的顾虑一下子就消失了。

我们的到来将会打扰到恩岑斯贝格先生，我猜想他年轻的妻子凯瑟琳会出来帮忙吧。我记得诗人对自己的这位第三任妻子有个描述：

....
　　她的一切小节我都喜欢。身姿柔媚
　　心肠软。……

> 我偶然到一处，她
>
> 往往如影随形，令我惊奇。
>
> ——《我妻子的优点》(贺骥 译)

这次没有她如影随形的身影，只有先生一个人。显然，恩岑斯贝格先生并不怎么喜欢仪式，包括之前想在慕尼黑给他做一个小型的颁奖典礼，还有德国的媒体来采访报道的事情都免了。他给我们七个人切柠檬，倒水，不需要我们帮忙。他是一个独立生活的人，是一个应付过纷繁世界的人。

我记得先生说过，他的大书房是为各派领导人服务的。我来不及问他这书房是不是当年他接待各派领导的地方。这个大书房四面墙，两面玻璃，采光效果好，看起来很宽敞。对于一个读书人来说，无论在哪里，见书如晤。在一排书架上，我看到一本书脊上写着《肉蒲团》的书，想起先生是一个有趣的人。

我还留意到先生的桌面上有几本台湾或者香港出版的中文书，我翻开，里面有介绍他的翻译诗。除了书，诗人墙壁上挂了很多油画，这些精致的油画也是诗人的一面面精神镜像。恩岑斯贝格的诗歌《世界末日。作于翁布里亚，约1490年》，映照出他仿佛作为画家西纽雷利化身的末世忧思：

> ....
>
> 在此之前他必须给背景中的怒海

> 上千重的透明色，打上绿色的
> 泡沫状的高光，危船坠入深海，
> 残骸垂落，桅杆刺穿
> 波涛，而室外正值七月中旬
> 蒙尘的广场一片空寂
> …………
>
> ——《世界末日。作于翁布里亚，约 1490 年》
>
> （贺骥 译）

我们所来的七月已经不是他诗歌中的七月，而是两种文化相互交融发出愉悦声音的七月。我把带去的物品一一展示给他：广州著名雕塑家梁明诚先生设计的雕塑奖杯、翻译家贺骥先生翻译的诗人的中文诗集、翻译家姚月翻译的诗人的三本著作、艺术家林江泉以诗人的形象画的画册，还有中国精致的瓷杯等。老先生愉快地收下这些陌生又让他兴奋的礼物。当我把"诗歌与人·国际诗歌奖"英文简介小册子上的获奖诗人一一介绍给恩岑斯贝格先生时，他指着安德拉德、丽斯年斯卡娅、萨拉蒙、特朗斯特罗姆、扎加耶夫斯基、丽塔·达夫、沃尔科特等人的肖像版画（王嶷创作）会心地笑了，仿佛遇见了老朋友。我知道先生与特朗斯特罗姆还通过信，令我惊喜的是，恩岑斯贝格还给我喜爱的波兰诗人扎加耶夫斯基写过赠诗《星星——致亚当·扎加耶夫斯基》：

………

风静时,有些花儿懒洋洋

躺在嘟着的嘴上。有一颗星出现在《圣经》

………

——《星星》(姚月 译)

我记得扎加耶夫斯基先生写过一首《星星》:

………

然而星光

一直在为我引路

只有光亮能让我

迷路或者拯救我

………

——《星星》(乌兰 译)

两位大诗人是在应和吗?我想,伟大的诗人在精神的高度上是相互感染的,因为他们都拥有星星的记忆,都有蓝色的夜晚和玫瑰色的清晨。我还看到比恩岑斯贝格大四岁的美国著名诗人斯坦利·摩斯(《上帝让所有人心碎得不一样》的作者)的赠诗《慕尼黑2010:给汉斯·马格努斯·恩岑斯贝格》:

………

我们必须学会选择人性好的一面，
回到幼儿园，醒来和入睡。
大笑是人性的，哭泣也是。

——《慕尼黑 2010》（傅浩 译）

"大笑是人性的，哭泣也是。"我想这是恩岑斯贝格写作的一个介入向度。早在 1963 年就获得德国文学最高奖"毕希纳文学奖"的恩岑斯贝格，他的写作一直保持着语言长驱直入介入式的倾向。恩岑斯贝格坚持诗与现实联系的写作，这一点他从德国前辈诗人布莱希特、贝恩身上延续下来。20 世纪 20 年代，德国一些诗人反对纯诗的唯美主义，开始用诗歌来书写纷繁的政治环境，对抒情诗的传统结构进行戏仿。恩岑斯贝格诗歌中注重预知性的表达为其不可预期的创作提供了观念。他的作品不套用惯用的情绪、词语与主题，他看到他的心被预感之灵所鼓动，自己也成为某种意义上的祛魅者。1978 年，他以发生在 1912 年的泰坦尼克号沉船灾难为题材，创作出叙述长诗《泰坦尼克号的沉没》。他的诗歌并没有像电影一样停留在发生在船上的命运和人性之洞察，而是把自己的心灵历险和思考融进来，写出沉船之外发生的所看不见的一切，如此，便对当下世界有一个自己的判断方式，他这样进入野蛮、黑暗和哭泣的地带，呈现出了一幅末世的图景。

"泰坦尼克号的沉没"是一个巨大的隐喻，它既承载着他诗歌的重量，也沉没了他的政治幻觉，这之间巨大的鸿沟，一如贫富之间的差距。长诗艺术地体现了他"世界末日的观念自始至终伴随着乌托邦思想"。在长诗的书写中,诗人尽显大师的才华,把1968年至1969年他的古巴岁月写出了紧张、冷静、奇观、疲倦、涣散、噩梦、矛盾和激烈的情绪,伴随的是强烈的虚幻感和无意义感。而1977年他所在的柏林社会,在他看来也是一艘沉没的"泰坦尼克号"。

>............
>我在柏林写诗。和柏林一样
>我身上有股旧弹壳、
>东方、硫黄和消毒剂的味道。
>现在天又慢慢变冷了。
>我慢慢通读法规。
>在远处在许多电影院后面
>悄然矗立着柏林墙,墙后
>有零星的、相隔很远的电影院。
>............
>那时大家都没有想到哈瓦那
>会堕落,而柏林这艘船
>早已沉没。我们脚下的
>古巴岛非常稳定。
>我们觉得幸福即将来临,
>梦中的理想国即将出现。

……

在这座热带岛屿，我们曾寻找理想
却失去了信仰。废弃的凯迪拉克轿车上
长满了杂草。朗姆酒在哪里，
香蕉在何方？在此我们应该
寻求另一种东西——很难说
它究竟是什么——
但在这个小小的新世界
我们找不到它，
这里所有的人都在说糖
谈解放，谈未来，富裕的未来
大量的灯泡、奶牛和崭新的机器。

在哈瓦那的街角
混血的年轻女兵们
端着冲锋枪朝我
或他人微笑，在此我写
我写泰坦尼克号的沉没。
夜里很热，我无法入睡。
我不是年轻人，——何谓年轻？
那时我住在海滨，——但比现在
年轻十岁，满腔热情烧得我脸色煞白。
……

我心不在焉眺望窗外

目光越过港墙投向加勒比海，

这时我看见了冰山，比所有白冰山

更大更白，在外面的远方，

别人没看见，只有我一人看见它

漂在黑暗的海湾，夤夜无云

大海漆黑平滑如镜，

我看见了冰山，极高

极寒，像一座寒冷的海市蜃楼

极白，不可改变，缓缓

朝我漂来。

——《第三诗章》（贺骥 译）

多重交织，社会的、时间的、地理的、心理的深层冲突，更富于批评精神。诗人就像一个史学家，干着冒险的事业，但在这里他先当起批评家。

长诗关注自身的语言形式，《泰坦尼克号的沉没》有着天才的结构，是和谐与气势上的颠覆。恩岑斯贝格学习了但丁的《地狱篇》、庞德的《诗章》，寻觅到诗歌体系与其他社会体系的关系问题，从而构成批判性的思考。拥有天赋的诗人有时候喜欢进入他不在场的大事件中，试图去介入去触及历史的肌理。这一点是否像用德语写作的里尔克说的"因为生活和伟大的作品之间，总存在某种古老的敌意"，恩岑斯贝格借《泰坦尼克号的沉没》站到政治社会的前沿，睿智地观察人类，把思想的认知、诗学上的观念、生命在黑暗中神秘的触觉、世界的倾斜、道德的沦丧、生死的哲学思考、人性的证词一层层剥开，整部长诗恢宏、丰富、复杂又多元，在开放式的开头、结尾及情节和场景的转换之间，还有荡出去的残片式的描述，在他多种语言风格陈杂其间并得到饱满的陈述，就像诗人自己说的"诗的客观社会内容不能在别处，而只能在语言中寻找"。

提出"世界文学"的诗人歌德，之所以成为歌德是因为他在自己的时代突然意识到必须去学习外国作家的语言，从荷马到拜伦都是他的老师。"我们是世界文化中的世界公民"，这在德国不是什么新鲜事。在与恩岑斯贝格闲聊的时候，我问他有没有喜欢哪一位中国作家？他毫不犹豫地说鲁迅。他起身，从书架上抽下一本他出版的鲁迅作品德语版。他说，所有能找到的鲁迅作品，不论是德语、英语或是意大利语，他都读过。他说鲁迅的自由精神，让他赞叹和欣赏，使他受益匪浅。他记得鲁迅曾经写过一部作品，叫作《起死》，大概是"复活"的意思，里面的主要人物有：哲学家庄子，司命大神，一位死人，一名巡士，几个鬼魂。不幸的是，鲁迅在上海猝然离世，这部1935年问世的作品成为断编残简。让我感动的是，诗人说深受这部作品鼓舞，他斗胆着笔续写这个故事，并将其改编为一部歌剧脚本，但很遗憾他至今没有找到合适的作曲家来搬上舞台。这又让我想起顾彬先生说的恩岑斯贝格先生就是"德文的鲁迅"的美名。我问诗人知道这个说法吗？他说不清楚有这个说法，接着他做了一个手势说鲁迅这么高，他比不上。

一个伟大的诗人，其精神世界总是对接着别的精神大师。我相信巴枯宁是诗人恩岑斯贝格的精神之光：

……………
你永远在流浪，
出神的傻子。你是一个不理智的
让人无法忍受的怪人！回来吧，巴枯宁
……因为你不适宜
做偶像救世主官僚教父
左派或者右派的头目，所以，巴枯宁：回来吧，回来！
……哎，我们不提爱情，巴枯宁。你不想死
你并非政治经济学的死神。你像我们一样
迷惘而天真。回来吧，巴枯宁！回来。
……欧洲依然布满警察。又因为过去
从未有过，现在没有，将来也不会有
巴枯宁纪念碑，
所以，巴枯宁，我请你复归、复归、复归。

——《巴枯宁》（贺骥 译）

诗歌自然、真挚，迸涌自心灵深处，有悲伤也有激昂，以哀歌式来书写，呈现出来一种庄严的仪式，满腔热忱，感人肺腑。无政府主义者、宣扬个人自由的巴枯宁之于恩岑斯贝格就是心灵的导师,要不他就不会在工作室的墙壁上挂着一把锯子,上面写着巴枯宁的话:

> 让我们相信永恒的精神。它具有破坏和毁灭的力量,正因为它是一切生命的不竭源泉。破坏的冲动即是创造的冲动。
>
> (邱晓翠 译)

永恒的精神是诗人的不竭召唤,正是同理心精神的支撑,才带来情感上的升华。恩岑斯贝格过人的胆气和勇气,他怀疑的精神和亲历世界的能力一直高涨,带来一生不羁的灵魂。

但恩岑斯贝格又是自谦的,他怀着摇篮欢畅的心肠,给母亲写下诗歌《伟大的女神》:

> 她缝补,补缀,
> 朝着破裂的鸡蛋形楦子俯身,
> 嘴里咬着一个线头。
> 她昼夜缝补。
> 老有新的抽丝,新洞。
>
> 有时她也打盹,
> 只持续片刻,

一百年之久。
她突然醒来，
补啊补。

她变得矮小，
矮小，眼瞎，满脸皱纹！
她戴着顶针摸索
世界之洞，
补啊补。

——《伟大的女神》（贺骥 译）

诗歌让我们一起返回灵魂中的家园，在生活的细节里看到心酸、孤独、无奈、流逝，那被母亲所缝补的世界之洞有渐暗的火焰照过来，让我们抓紧时间看清了人类母亲的面容。诗人将生命的艰辛和世界的重建放在一个普通生命的身上，母亲没有时间打盹，她在缝补生活，岁月之线在她手里穿梭，这多像中国的女娲在补着世界的漏洞。诗人对微小的细节有着敏锐的捕捉力，在平凡中彰显出伟大的母爱。

他始终保持着一份羞涩一份童真。我请他朗诵自己的诗歌时，他推辞了，却为我找到一盒录有他自己朗读的 CD 诗集《云的历史》。一个伟大的诗人在经历了世界之后，还保有童心，如果不是亲眼所见，你难以相信诗人保留着生命中的天真之歌。在他写的《世界末日。作于翁布里亚，约 1490 年》一诗里,我似乎找到了他的秘密:诗人在写作中的精神状态是沉重的,但写完之后也就释放了,感到瞬间的轻松。

>..........
>就在当晚,他邀请
>妇女、儿童、朋友和敌人
>去喝酒,去吃新鲜松露和沙雉鸟,
>酒店外秋雨淅淅。
>——《世界末日。作于翁布里亚,约1490年》
>（贺骥译）

这份惬意是诗人完成一个作品的美好瞬间,"他像得到一件礼物的孩子一样欢喜",这又多么像雪莱说的"诗歌使神灵在人内心的驻留免于泯灭",他身内和身外的生命就像一个在田野上拾豌豆的孩子,如此生动。诗人客厅的桌子上摆着不同形状的玩具,他像分糖果一样,让我们一起去转动这些玩具,来分享他的小玩意儿。他拿起一个万花筒往里面张望,又递给我看。他说并不相信有一个规定的精神世界。我想,这万花筒是他多彩世界和丰富人生的隐喻。

每个真正的诗人都是野兽

作为一个有冒险精神的读者，通常我们渴望读到一些与以往经验不同的诗歌，它让你不知所云之时正好带来好奇心，产生一种去了解的欲望。托马斯·萨拉蒙是一位带来陌生经验的诗人，是变形和混合的战略家。他的诗歌不是流连光影的旧秩序，而是思想衍生出来的新的给养。诗歌是他的本能，是他灵魂中的望远镜，是他呼吸中的色彩，是他雕刻的肖像，是他白日梦里的渴望，是他微笑中的欢喜，是他挣扎中的恐惧，是他社会人生的见解。

1941年生于斯洛文尼亚克罗埃西亚省萨格勒布市的托马斯·萨拉蒙，在一个叫作科佩尔的小镇长大。和许多胸怀大志的诗人一样，青年时代的萨拉蒙也有过不平凡的梦想和忧伤，他渴望在这个尘世留下印记，这源于他对自由追寻和诗歌理想的高扬。大学时代，萨拉蒙开始接触兰波、杜甫、索福克勒斯、惠特曼等人的作品，诗歌之火焰点燃他，直至他也成为火的一部分。

诗歌哺育了萨拉蒙崭新的生命，他成为思想觉醒过来的青年人。对于极权社会，他保持着憎恶，敢于在不自由的年份发出真实的声音。1964年，因为发表了对抗生活中的荒诞的诗歌，他遭到当局的恐吓，被关押五天。抗争的行动让他一下子成为焦点，成为人们期许中的文化斗士。幸运的是，关押没有影响到第二年他在自己喜欢的艺术史上获得硕士学位并毕业。此后，他的第一部诗集《扑克》得以出版，其荒诞、反叛、幽默、游戏、批判的姿态，开了战后斯洛文尼亚现代诗的先河。

萨拉蒙所学的艺术史成为他的另一个利器，他由此有了广阔的美学视角和先锋的观念。他开始一边写作，一边又以艺术家的身份参加各种展览，来回穿梭于欧洲和美洲之间，各种文化的碰撞迫使他去思考、去回答人生的疑问。20世纪70年代初，他翻译英文诗歌，到乡村小学教书，甚至去当推销员，这些行为与他之前所经历的又不同，是另一种体验。作为诗人或艺术家，就是要不断去经历人生，去感受未知的事物。1979年，他到墨西哥生活、工作，尽管只有两年，却又一次让他遭遇不同的世界，他的诗歌出现新的气象。进入80年代后，萨拉蒙的诗歌暗中发力，逐渐被翻译成多种文字。到2009年的时候，他已经拥有十几部英文诗的译本，并得到有效的传播，他的国际声誉也随之建立起来。

从形式到内容，托马斯·萨拉蒙的写作都有反传统的迹象，像风暴一样涤荡过业已习以为常的心灵。"我的兄弟赤身露体／美若新春，他迈步穿过大厅，用爱杀死／羔羊"(《安德拉斯》），诗人兄弟的出场极为戏剧性，让人琢磨其中的场景。这首诗歌中，诗人写了几个层面的内容，而"用爱杀死羔羊"，气场强大，极其危险却又十分迷人。

爱是萨拉蒙诗歌写作中不断渗透的词语。他在《写作》中阐明自己的观点："诗歌/写作是/世上//最最/严肃的行为。//就像在/爱中/一切/显露/词语战栗/如果它们/对的话。/一如肉身/在爱中/战栗，/词语/在纸上战栗。"爱是他词语的来源，这样的写作是一种良知。从心灵的颤音到纸上战栗，萨拉蒙自身具有彻底性和力量，他用词语为爱开路，用激情为死亡开门："就像一个反叛的孩子，新鲜，在死亡中。"（《画家的衣衫上》）在《读·爱》中，他直接写道："你让我坠入情网，直至死去，又第一个出生。"

诗歌是萨拉蒙的隐约看见之物，更是他抚摸的滚烫的心，很多时候，他这样写情真意切的爱："为了你的一次触摸，我愿意放弃一切。"（《读·爱》）人生自是有痴情，在爱的世界里，萨拉蒙放任自己活泼的抒情："我的妻子如小鸟般呼吸。她的身体令我镇静，给我安慰。"（《鱼》）记得有记者问过马尔克斯，在他所认识的人之中，谁是举世罕见的人物？马尔克斯回答：我的妻子梅塞德斯。萨拉蒙如马尔克斯一样，也是时光深处的情种，他在诗歌中把爱献给了他的画家妻子：梅特卡·卡拉硕维奇。

萨拉蒙是一位探究自我的诗人，他用诗歌饶有风趣地不断给自己画自画像："托马斯·萨拉蒙是头怪兽。托马斯·萨拉蒙是个空中掠过的球体。"(《历史》)诗歌是摇摆着的奇思怪想,诗人看到自我的繁衍,看到生命不断更新的可能:"我是一个泥瓦匠,尘土的牧师/加固,如一头怪兽,一片面包,/我是一朵睡莲,神圣的树的士兵/神圣的梦,我同天使一起呐喊。"(《我是一个泥瓦匠》)写自我也是写所有的人,诗人此时变成一个精灵,他用似是而非的隽语对自己的世界做另一种阐述,又像丛林的野兽在意象之林间穿越,他从来不害怕伟大的迷途。"我是兽。/我仰面躺着/火舌离开我的头领/你该问我是不是那头圣牛/我沉默如天体。"(《圆圈以及圆圈的论据》)

更多时候,超现实主义的风在他的诗歌中呼啸而过,揭开另一层界面:"我是雄鸡,有时又是雌马鹿。/我知道子弹留在了我的身体里,它们正在瓦解。我呼吸着,多么美好。/我感觉自己正被熨烫。"(《红花》)

虚构的本质就是诗歌,最好的诗人也就是所有叙述对象的扮演者,萨拉蒙在诗歌中不断虚构自己,他总是如此不断地去催生读者天马行空的想象力。尽管如此,萨拉蒙还是在节制中不断审视自我:"我需要无条件的爱和完全的自由。这就是我如此可怕的缘由。"在萨拉蒙看来,他的世界也需要这些,在诗人的精神王国里,一切都得到应许。正是这份应许,诗人反而有警醒的能力。诗人在某些时候的确可怕,萨拉蒙自然也是不可驯服的,他说:"在天使站过的地方,我看见地狱。"

诗人的意义还在于通过文字来认清黑暗的社会真相,萨拉蒙在《青年警察》中勾画出某种警察的面目:"每个警察都戴着一顶警帽，他的头颅在警帽下私语，/梦中，一副雪橇冲下山坡。/无论他杀谁，都会给他带来活力，/无论他触摸谁，都会刻上一道伤痕。"阅读萨拉蒙的诗歌，如果从魔幻现实主义出发，也许能绕过一些障碍，更为自如地进入他的领地。我们明了，现实永远比想象精彩，留意生活的人处处可以找到诗意，不过没有人想把诗歌作为生活的复制品，但要把非诗性的事物上升到诗歌的层面，必须有高超的叙述技巧。魔幻现实主义是萨拉蒙的法眼，是看不见的光线，当魔幻的旋风不停地撞击梦想之门，萨拉蒙得以看到"野鹿在手掌之中，雪在闪烁"（《再一次，道路沉默》）。有时他觉得自己是只母鼠："经过长长的/坑道落在/柔软的草地上。/我用小小的牙齿/舔舐/炉子烟道。/我用小小的脚爪/挠墙/在一个玫瑰般的/日子。"（《玛利亚》）诗人都渴望自己在日常生活中遇见神秘的事物，但生命的奇迹唯有在文字里才存在。萨拉蒙的怪念头让自己的穿越带来诗歌森林神秘的骚动。

不断地行走是为了回到某个地方去。每一个诗人都从自己的故乡出发，萨拉蒙通过诗歌来表达爱的意愿：在"温暖田野，抵御严寒，/祈愿斯洛文尼亚语永不消亡"（《帝国主义取下我的头颅》）。很多时候，他把诗歌写得很愉悦："母亲在弹钢琴。我爬上父亲的肩头。我踏上白蘑菇，望着那一片片尘土，从房间的窗户触摸窗外的树枝。"（《生命之树》）诗人写出温暖和由此带来的召唤："我看见了早晨，我多么匆忙/我看见皮肤在虔诚的尘土里/我看见快乐的尖叫，我们怎样走向南

方。"(《再一次,道路沉默》)

写诗给人带来思索。萨拉蒙以诗行思考之事,在《向日葵》一诗中,我们可以看到诗人的姿态。诗歌在萨拉蒙那里并非生活的注释,他试图释放一种自我的力量,他在诗歌中展示了如何面对自身和世界,比如《谁是谁》:"……/你阻挡黑暗的力量/在你身边每道光亮都黯然失色/在你身边每颗太阳都看似黝黑/还有每块石头每栋房子每粒面包屑每颗尘埃/每缕头发每滴血每座山每片雪每株树每个生命每个海峡每道深渊/每种敌意每只羔羊每次闪烁每架彩虹无不如此。"

萨拉蒙用诗歌为生活画像,在细腻之处是他生动的笔触,诗歌在他那里成为对现实的凝视,也是尘世之上的沉思:"望着所有那些/年轻人/堕落,因为//他们不信/灵魂的永恒,/我并不恐慌。//恐慌仅仅是/有关财产的/争吵,//中间的/空洞并不存在。"(《望着所有那些年轻人》)

《民歌》:"每个真正的诗人都是野兽。/他摧毁人民和他们的言辞。/他用歌唱提升一门技术,清除/泥土,以免我们被虫啃噬。/酒鬼出售衣裳。/窃贼出售母亲。/唯有诗人出售灵魂,好让它/脱离他爱的肉体。"这是一首冲击力强的骚动作品。这首诗歌可谓是萨拉蒙的诗歌观念,他知道自己就是激情的永不回头的猛兽,有能力穿透成见的幽谷。一个真正的诗人,内心都存在一头文明的野兽,具有强大的威慑力,有着呼啸命运山林的骄傲,也有独自探寻人性荒野的冒险。生活总是缺乏才情,强大的危险属于诗歌,因为诗歌总是走在时代的前方,像锐器一般摧毁早已麻木的人民和他们因为重复而光芒日渐暗淡的言辞。就连被污染的泥土也要清除,以免光明的种子被黑暗的虫吞噬。诗人不是酒鬼,不是窃贼,诗人唾弃卑劣的行径。萨拉蒙说自己是灵魂的出售者,他出售公正,出售真诚,出售爱,他绝不为取悦大众而背叛自己的灵魂。

萨拉蒙写道:"你在,母亲,于是,空气就不会破碎,灵魂就不会淹没/于是,我在瘟疫后闪烁,站得笔直。"(《是你》)母亲是生命、良知、勇气、承担、正直和爱的象征,诗人因母亲之名而站得笔直,因为相信灵魂不朽而看到更多,笑到最后。

有一天会闪耀

东荡子的诗歌并没有停留在尘世的旋涡里，他的水面辽阔，在烟波浩渺之处，他上演水手的绝技。他的诗歌倾向于独立的思想或幻想的结构，他的诗歌没有纠缠于生活琐碎之事的泥潭，所以认同了非写实的语言。他强有力的表现，隐藏了价值，并在感性的效果里恢复抒情的品质。优秀的诗歌就像创造者的手笔，诗意隐匿于他的创造物之中，无迹可寻，却又让你感受到诗性无处不在。东荡子的短诗硬朗，速度如子弹，是简洁文风的典范。他追求隐喻性的意象，在视觉的冥想和内心的体验中衍生出更为奇妙的图像。那些难以呈现的生活与内心糅合出来的瞬间正是诗人与诗歌之间亲昵的关系。就这样，他借助那些让人屏息聆听的语言，把他个人的理想在诗歌中传达出来。

一个优秀的诗人都有自己的气息，但一个杰出的诗人，他拥有的是气象。东荡子懂得在诗歌中调和各种不相干的事物，向内潜进又向外延伸，气场逐步强大，有时摸不到边缘，他无边的弥漫，实际是为了生命的结晶，如此就有了个人的气象。"没有人看见他和谁拥抱，把酒言欢／也不见他发号施令，给你盛大的承诺／待你辽阔，一片欢呼，把各路嘉宾迎接／他却独来独往，总在筵席散尽才大驾光临"（《他却独来独往》），这首诗歌有某种神秘的戏剧性和幽默感，诗人仿佛在扮演某种孤独的角色。从自我、自大到大我、无我，一个独自燃烧的倨傲的灵魂才能在世间不按规矩、来去自如。东荡子对人间万事万物有自己的理解，他敬畏但不盲从，他有直观力和观察力，懂得众生相才能成为揭示者："喧嚣为何停止，听不见异样的声音／冬天不来，雪花照样堆积，一层一层／山水无痕，万物寂静／该不是圣者已诞生。"（《喧嚣为何停止》）在人类历史上，一旦有圣者诞生，就会流芳百世，就会影响历史进程。在时代的喧嚣之处，诗人渴望圣者带一本行动的史诗而来，行走于万寂之间。

  诗歌是一切艺术的状态，是打破局限和寻找新目标的状态，也是在共同倾向中找到自我倾向的状态。《朋友》一诗是自我状态中飞向另一个世界的披风："朋友离去草地已经很久／他带着他的瓢，去了大海／他要在大海里盗取海水／远方的火焰正把守海水／他带着他的伤／他要在火焰中盗取海水／天暗下来，朋友要一生才能回来。"诗人写的是朋友，朋友不是他者，也许就是自我。"朋友"在人世间长途跋涉，从海角到天涯，用一生才能返回，整首诗歌弥漫忧伤的色调，甚至有挽歌的伤情，却又是英雄主义孤独的阐释。

作为诗歌的写作者，通常我们渴望通过接触大量自己并不熟悉的诗歌写作形式，从而去拓展我们不知的领域，由此去养成新的书写能力。东荡子不是一个博学强记的人，确切地说，在我所知的写作者中，他是罕见的与书本有着天然距离的人。然而，在诗歌写作中他似乎更讲究对中国古代诗歌优良传统的继承和发扬。他依赖于自己的诗歌天赋，也深信自己的人性体悟。他在学校学习的时间很短，阅读量也极其有限，生活的方方面面成为他主要也是重要的教材，他通过写作去寻找自我的声音，发现生命的黑暗与光亮。他当过兵，教过书，做过报纸编辑，卖过冰棒，开过小饭店、茶楼等，这十数种职业经历，对他来说都十分短暂，且更多的时候，又都伴随他混迹于嘈杂的大街小巷。可以说，颠沛流离的生活充满了他的整个青春年代，诗歌是他破碎生活唯一穿起来的珍珠。

人事的磨砺对于一个真正有雄心的人来说，未必不是好事，他会因此真诚地去思考生命的意义。诗歌是收集一切人类情感的艺术，每一首诗歌都发生在诗人与世界混合的瞬间，衍生的心象就成为自我意志投射的表象："把金子打成王冠戴在蚂蚁的头上 / 事情会怎么样　如果那只王冠 / 用红糖做成　蚂蚁会怎么样 // 蚂蚁是完美的 / 蚂蚁有一个大脑袋有过多的智慧 / 它们一生都这样奔波　穿梭往返 / 忙碌着它们细小的事业 / 即便是空手而归也一声不吭　马不停蹄 // 应该为它们加冕 / 为具有人类的真诚和勤劳　为蚂蚁加冕 / 为蚂蚁有忙不完的事业和默默的骄傲 / 请大地为它们戴上精制的王冠。"（《王冠》）东荡子赞美大地上被忽略的弱小的生命，但再小的生命也有它们的光荣和梦想。在中国诗歌界，东荡子是一个迟到的人，是未被面对的大象，这个像蚂蚁一样的大象，却有着自己默默的骄傲。这样的骄傲源于他空手而归也一声不吭，这样的骄傲源于他对世俗游戏的疏离，在于他的问题意识："什么是新的思想，什么是旧的／当你把这些带到农民兄弟的餐桌上／他们会怎样说。如果是干旱／它应当是及时的雨水和甘露／如果是水灾，它应当是／一部更加迅速而有力的排水的机器／所有的历史，都游泳在修辞中／所有的人，都是他们自己的人／诗人啊，世界上只有一个。"（《世界上只有一个》）"诗人啊，世上只有一个"，多么高傲的幻想，多么自负的勇气，它是恒久莫名的安慰。

东荡子的诗歌很少直接去叙述当下的生活，他居留在自己镜子的世界里，私下映照另外的一些事物，那是因为"他相信了心灵"："一滴水的干涸因渺小而永远存在／让我们站在海上，沐浴海风或者凭吊／那不可一世的青年现在多么平静／他看见了什么：辉煌？落日？云彩和失败／他相信了心灵，心灵要沉入大海／／那不可阻挡的怪兽，摧毁一切，烧完了自己／在黑夜前停了下来。"（《他相信了心灵》）相信心灵，就相信了力量和光明。东荡子是一个复杂的诗人，有时他具有某种摧毁腐朽的力量，将虚拟的自己投入尚未存在的幻想天地。在《寓言》中，他说："一切都在过去，要在寓言中消亡／但蓝宝石梦幻的街道和市井小巷／还有人在躲闪，他们好像对黑夜充满恐惧/又像是敬畏白昼的来临。"诗人在写作时,内心有超自然的体验,他本身就成为寓言,他说出他感受到的。东荡子同时喜欢直说,没有拐弯抹角,没有神秘莫测,甚至提出疑问:"我从未遇见过神秘的事物/我从未遇见奇异的光,照耀我/或在我身上发出。我从未遇见过神/我从未因此而忧伤//可能我是一片真正的黑暗/神也恐惧,从不看我/凝成黑色的一团。在我和光明之间/神在奔跑,模糊一片。"(《黑色》)

多年前,东荡子、世宾和我一起以《诗歌与人》为平台提出"完整性写作"这一诗学概念,在一定范围内引起了反响,东荡子也成为《诗歌与人》推出的有自己诗学主张的诗人。这个世界上最有诱惑力的东西都存在于黑暗里。"消除内心的黑暗"是东荡子的诗歌理念,他认为每一个人的内心都存在黑暗的角落,诗歌则是黑暗中的光芒。东荡子想提醒读者,透过诗歌可以"看见里面的光":"在黑暗中你也能够看到,而在你的怀里/她才能把光明和火焰看得真切/牵牛花在大地上奔跑,玫瑰的燃烧/要无视黑夜的黑,歌唱和舞蹈/风的战栗已使你洞悉了野草的天真和不幸/正是她在幸福之中看见的不幸/正是她在回头时遇见你的脸/正是她看见你在燃烧的群峰间急速隐去/当翅膀对土地有了怀疑/或是土地对翅膀有了怀疑/她真的甘心爱上,深深地爱上/一个人的才华和他同样显明的缺点/大海的疯狂还要继续推进/它要在岸上抓住它的立足之地,它要寻找/它要回到一滴水的中心/大海的疯狂是一滴水的疯狂,它要把闸子打开/看见里面的光,又看见外面的光。"

(《看见里面的光》)东荡子从来不回避黑暗,他将自己献给黑暗,他将身上残留的人性的灰烬一一抹灭,通过诅咒黑暗迎向光明,就像在《灰烬是幸福的》一诗中,他唱出的"不朽的黑暗,犹如大海的尽头"。诗人的写作要在火焰的言辞中展现自身:"大地啊/你允许一个生灵在穷途末路的山崖小憩/可远方的阳光穷追不舍/眼前的天空远比远方的天空美丽/可我灼伤的翅膀仍想扑向火焰。"(《旅途》)火焰是一种生命方式,它在燃烧中呈现价值,疼痛让诗人领悟到真理。在《预言》中,他无畏地喊出"预言之中黑暗永不穷尽,种子在奔跑/你那无助而怜悯的心/有一天会闪耀"。对于生命,他的诗歌有着莫大的鼓舞。他因为赞美生命而拥有新生的热情。

优秀的诗歌是人格的魅力,是人格的跃动。《宣读你内心那最后一页》是这样的诗歌:"该降临的会如期到来/花朵充分开放,种子落泥生根/多少颜色,都陶醉其中。你不必退缩/你追逐过,和我阿斯加同样的青春/写在纸上的,必从心里流出/放在心上的,请在睡眠时取下/一个人的一生将在他人那里重现/你呀,和我阿斯加走进了同一片树林/趁河边的树叶还没有闪亮/洪水还没有袭击我阿斯加的村庄/宣读你内心那最后一页/失败者举起酒杯,和胜利的喜悦一样。"在这首诗歌中,"阿斯加"是诗人虚构的一个形象,他是一个人,也可能是灵异动物,或是别的什么东西都可以。诗人把自己化身为"阿斯加",他朗读一个人的"宣言":失败者举起酒杯,和胜利的喜悦一样。诗人在这里颠覆传统的"成王败寇",给失败者以人性的关怀和永恒的尊严。诗人只有把自己当作虚伪腐败的社会中仅存的诚实者,他才能不是说谎者。纯正的诗歌总是结出善良人性的果实,"写在纸上的,必从心里流出／放在心上的,请在睡眠时取下",诗人带着一颗真诚的心去追寻阿斯加的理想,青春因之在途中闪耀热情,果实因之回到花朵的芬芳中去。诗人仿佛在梦里造访了阿斯加的村庄,又似乎在幽微之处向朋友吐露隐情,无论是失败或胜利,他那宽广的内心都是值得信赖的。

诗歌不是被贬低的思想,人们也不会只相信那些被简化或娱乐化的东西,诗歌对心灵的抚慰是永恒的光耀。诗人无法回避自己,东荡子在诗歌中带上他的不幸,也带上生命的宽度:"院墙高垒,沟壑纵深／你能唤回羔羊,也能遗忘狼群／浮萍飘零于水上,已索取时间／应当感激万物卷入旋涡,为你缔造了伤痕。"(《伤痕》)在幽暗国度,诗人并没有长着一张奇迹的面孔,但对命运却有透彻的认识。无论生命中遭遇过多少不幸,无论岁月偷走什么,诗人都没有自我放弃,而是从悲伤的命运中解脱出来,因之内心辽阔,因之感激万物带来的磨砺,感激命运留下的印记和不曾淹没的庄严。

朋友要用一生才能回来

诗人东荡子突然去世，这是我们所有朋友都无法接受的事实。2013年10月11日，下午四点多钟，接到东荡子夫人、作家聂小雨的电话，她哭喊着说东荡子被送医院抢救，要我马上赶到增城。在每分每秒的焦虑中，我再次接到聂小雨电话时，她说东荡子走了。我整个人都空了，不敢相信这是真的。在这之前的一天，东荡子是一个健壮、敦厚的人，可是就这样一个活蹦乱跳的人就因心肌梗死瞬间离我们而去。

当诗人世宾和我赶往增城时，暮色已四合，我想起东荡子的诗歌："天暗下来，朋友要用一生才能回来。"现在，这个原名叫吴波、诗名叫东荡子的人再也无法回来。在急救科室，我们看到睡着了的东荡子。我离他那么近，可是怎么也无法把他唤醒。

1964年10月14日，东荡子生于湖南沅江东荡村，他的笔名就来自他的村庄，他是一个对土地有着情感的人，经常把故乡背负在身上。东荡子读书读到高一时，就离开学校到安徽蚌埠当兵。退伍后的1989年，他先后到鲁迅文学院和复旦大学的作家班进修过，与作家虹影等人是同班同学。有一年，虹影来广州，我还陪东荡子去看望过她。

因为没有高文凭，他被迫在民间开始自己的生存之路。他在学校当过代课老师，在乡下办过小农场，也在城市当过餐馆老板，后来又去做记者、编辑。他就这样在益阳、长沙、深圳、广州几个城市之间干着一些短暂的职业，他就这样经历着世界的一切。生活尽管在流浪，但他的灵魂没有流浪，他用诗歌记录着生活和心灵的一切。有几年，他住在广州南方医院附近，他和几个朋友还搞过文学社。当下的中国诗坛，写诗又做生意成功的有好多人，但东荡子并非一块经商的料。做过一阵子短暂的生意后，他没有积累什么财富，倒是欠下一些债务。他想做点儿别的与生意无关的事情，就想方设法把之前贷的款全部还清了。他说他将来是要当诗人的，怎么能欠人家的。

当一个大诗人一直是东荡子的梦想。2013年上半年，他领取第八届"诗歌与人·诗人奖"时，在获奖感言里，他说到成为诗人的初衷。有一天，他从外面回家，父亲劈头盖脸地问他："你到底想干什么？"东荡子脱口而出："我想做诗人。"父亲立马吼道："杜甫死了埋蓑土！"他说，当时母亲听后非常愤慨，他倒十分平静，甚至有一丝说不出的愉悦。因为这句话他从来没有听到过，它新奇的气味一下拽住了他，令他恍惚之间遁入远离烟火人间的世界。令他怀想的不是杜甫的悲惨命运，而只是东荡洲土话里的那个"蓑"字，它到底该怎样写？那么多年过去，东荡子已经是一位响当当的诗人，但生活中的这一幕他一直难以忘怀。它成为东荡子对诗歌出发的原乡。

事实上，东荡子用诗歌改变了自己的一生。他在世间行走，结交天下朋友，赢得朋友的喜爱，这一切都是诗歌带给他的荣光。东荡子是1987年开始写作的，三年后他出版了诗集《不爱之间》，这本薄薄的诗集已经呈现出他不同一般的诗歌才华；1997年，他自印的诗集《九地集》是一本在朋友们之间流传的诗集，很多朋友都会背诵里面的一些诗篇。他的诗篇为朋友们所喜欢，他也喜欢着朋友们。尽管他没有什么钱，但会经常邀请朋友们到他那里吃他亲手炒的菜。他是一个喜欢谈论诗歌的人，总是把自己思考到的一些东西，以一种不容置疑的口吻告诉朋友们。很多朋友在诗歌上的开窍，得益于他的醍醐灌顶。一个可以说出诗歌陌生门道的人，他无疑就是一出口。很多个夜晚，作为聆听者的我，总是在无路可走之处觅得新的道路。

在1995年前后，我进入广州的诗歌圈，开始认识诗歌界一些有影响力的青年诗人，这里面就有诗人东荡子。东荡子长得敦实，他留着斯大林式的胡子，眼睛如两盏灯，说话洪亮。东荡子的谈话在朋友们中间是出了名的，他天生就有演讲的口才，说话时常常会情不自禁地挥舞手臂，语速飞快，像劈柴一样，干净利落，从不拖泥带水，如此强大的气场，你不得不被他的诗歌激情所吸引。那时，我是一个贫乏的年轻写作者，自然难以与他交流。1996年，我出过一本诗集，东荡子有一天到我的住处，看了我的诗集，否定了我绝大多数诗歌。我一时难以接受，觉得他太苛刻了。后来，我开始琢磨他对诗歌的一些见解，意识到自己诗歌中存在的缺陷，自此，开始一种新的诗歌写作。

1997年，东荡子、江城、世宾、温志峰、巫国明、浪子和我一起出版了一本合集《广州七诗人诗选》，这是我第一次进入到一个群体的诗歌选集中。那时，广州的杨克、杨子、凌越等很多诗人都非常活跃，但以本土诗人的整体形象出现的是这本诗集，这本诗集带给了文学界一个新的印象。七个人当中，东荡子是唯一的外省诗人，但我们这批从本土出发的诗人朋友都把他视为好兄弟，好的诗歌引路人。就像世宾说的："东荡子在广东的存在，就是一座耸立的高山，他的诗歌光芒照耀着周围的一切。他给了我们诗歌的力量、勇气。我们已没有什么能馈赠给他的，只有我们的友谊和尊重。"

1999年，我创办《诗歌与人》后，我们的交往更为密切。在一起探讨诗歌时，我们常常为某个观点争辩得面红耳赤，东荡子更是毫无保留地捍卫自己的诗歌理念和价值判断。这样的争论是那个时候广州的诗歌氛围，但就在这种互相亮出观点的时刻，大家得到相互的照亮。2002年，东荡子、世宾和我等朋友一起提出"完整性写作"这一诗歌命题。东荡子是这一诗歌主张的践行者，他思考的是如何用诗歌去消除人类精神中的黑暗，他认为最好的诗歌应是更高更广阔的光明境界，诗人应奔走在光明里，而不只是停留在这些狭小的形式黑暗里。

2005年，漂泊多年的东荡子，因为增城文联主席巫国明牵头的"十诗人作家落户增城"活动，成为其中一员，成为新客家人,他也因此结束了青春岁月颠沛流离的生活。在朋友们的推荐下,他到《增城日报》编副刊,刊发过很多名家的作品。后来,他在报社的支持下创办了《艺术大街》报纸,因为很多大家名家都在上面露脸,一时之间,他一只脚又跨到艺术界。东荡子写出好诗,大家习以为常,但他要把艺术报办得风生水起,这才是大家的期待,期待他因此有一个更有创造性的现实生活。在增城生活的东荡子有时很寂寞,他的很多朋友都在广州。有时,大家也会想念他,下午下班后,我们几位朋友会驱车到他那里,去吃他夫人做的一手好菜。东荡子漂泊多年,过着随风就是一切的生活,尽管有过缠绵的爱情,但爱最终如一江春水东流。直到他遇见女作家聂小雨。聂小雨不但烧一手好菜,还写一手好散文,出版过散文集《鲇鱼须》。2013年6月,她的书和丈夫东荡子的诗集《阿斯加》一起获得第九届广东省鲁迅文学奖(6月,东荡子还获得了第一届"扶正·独立诗人奖")。一对诗人作家夫妇同时获得广东省的最高文学奖,这在广东省还是第一次吧。

东荡子去世后,诗人巫国明说,增城政府准备嘉奖他们夫妇,可惜,他再也看不到这属于他们的光荣的时刻。东荡子出事的前一天,他的妹妹为他买了一套房,可惜他也没有福气来享受。每念及此,他的妹妹吴真珍无不以泪洗面。她无法相信自己的哥哥就这样离去。吴真珍说,她计划成立一个"东荡子文学基金会",去帮助一些需要扶持的文学新人或设立一个国际诗歌奖,以此去延伸哥哥的诗歌理想。东荡子是一个有诗歌抱负的诗人，也是一个对自己的诗歌充满自信的人，他生前有许许多多的诗歌伟业尚未展开。如今，他在四十九岁的好年华早逝，真是天妒英才啊！

东荡子离去之夜，很多朋友都无法入眠，在微博上写下悼念他的诗文。在深夜起床看到远处的灯火时，我依稀记得他在5月领奖时说的："父亲是家乡方圆百里备受爱戴的木匠，既擅长大木，又精工小木；既造房子打制家用，也造棺材修制农具；大木大刀阔斧，小木精雕细刻。很小的时候，常常看着父亲挑着一担工具走村串巷，有时我也会牵着父亲的衣角，跟在后面。好像那时我就熟悉并习惯了游荡生活，但不知道那种生活对我后来做一个诗人有什么影响，虽然我的整个青年时代都迁徙在不安的旅途……无知，漏洞。这仍然是父亲给我的启示。无知便需要去认识，漏洞则需要修补。大自然创造了人，在生命里肯定也留下了许多我们充满无知的漏洞，诗歌便是我们心灵深处的一个漏洞，它要求我们渴望无所不在的人性美，以及高贵和光荣，然而无知使它落满尘埃，又更被世俗的利器所摧残。作为诗人，面对漏洞我只是一个修理工，我不能像父亲那样去修造更多的木器，我的工作却必须是小心翼翼去寻找隐秘在自己心灵深处的那些漏洞，并一一修补。"

这样一位立志当诗人的人，这样一位不断去修补人性的漏洞的大诗人，这样一位为这个喧嚣的时代安一颗诗歌之心的杰出诗人，没说一句话就走了，他独自一人去了他遥远的阿斯加诗歌王国。荡子兄，愿你一路走好！

去增城看东荡子

早些时候我们一行又去增城看望诗人东荡子,阿西开车,载着世宾、梦亦非、陈肖,还有汪治华和我,一上高速公路,平时开车谨慎的阿西,便加大了油门,车子狂奔,朋友们在车上唱起歌来。中途,有人下车抽烟,上车又高谈阔论。世宾把车窗打开,伸出手去试着风的速度,这多少有点儿凯鲁亚克《在路上》的激情和梦想的味道。这情景虽然不像当年"垮掉的一代"那样,前方隐隐约约有什么让人激动不安的事物在召唤着,但我们要去的地方有朋友、有诗歌,也就足够了。

2005年,朋友巫国明策划十个诗人作家落户增城活动,正是这样的契机,湖南人东荡子到了增城安居,有了相对理想的工作,这令朋友们打心眼里高兴,他动荡多年的生活终于休止,我们又可以回到以往相聚的岁月了。他写过一首诗《朋友》:"朋友离去草地已经很久/他带着他的瓢,去了大海/他要在大海里盗取海水/远方的火焰正在把守海水/他带着他的伤/他要在火焰中盗取海水/天暗下来,朋友要一生才能回来。"这首诗歌，朋友们都会背诵。正是源于他的像诗歌一样的侠骨豪情，朋友们都喜欢跟他在一起，他也十分喜欢朋友到他家里玩。在东荡子家里，少不了聊天。给人印象深的还有东荡子的朗诵。朗诵时，他把所有的激情都集中在声音中，他要用闪电的速度击中你的耳朵。帮得上忙的是他的胡子。他嘴上的胡子浓黑有力，加重了声音的分量。东荡子的胡子在诗人当中是出了名的，有一次，他把胡子刮了，反而不像他。东荡子炒得一手好菜，我曾多次饱尝他制造的美味。当然，比他的厨艺更厉害的是他的诗歌，往往他有新作，我们总是先睹为快，或他有新的诗歌观念，我们也是先闻为乐。林贤治先生在编选《2009文学中国》的选本里评价东荡子说："他简直全凭天赋写诗，他只需凝视自己的内心，而无视世俗的生活和时事的变迁，其实这一切，早已经内化为他的感觉，率性而意象斑斓，处处迸发生命的力。众多的诗人是炊夫，他是酿酒人。"东荡子是这个时代称得上一流的诗人，在我看来，他在增城的岁月多少有些孤独，但增城因为东荡子的栖居也许会多出一层诗意。

广州到增城并不远，去拜访巫国明和东荡子，虽说是随便就可以做到的，但最快乐的还是我们其中有谁写出了一些新的诗歌，想和朋友们分享。我和世宾、温志峰等几个，会下班后开车去增城找东荡子和巫国明畅快地谈上一个晚上，凌晨时又开车回到广州。这样的奔走，延伸了我们多年前的友谊和梦想。20世纪中期，东荡子来到广州，先后在小北路、杨箕村、林和村等地租住，后来在太和镇买了房子，之后，他又搬到了梅花园的圣地夜市附近。他称太和的房子为太和楼，称梅花园的房子叫圣地居。他租住的地方，没有多少记忆了，但这两个地方，朋友们都很熟悉，不只是因为他在诗歌中对日期和地点有所注明而被大家记住，更深刻的是因为朋友们常常去那里聚会。那时，世宾大学毕业，工作在一个一百多公里外叫鹤山的城市，几乎每一个周末他都骑着摩托车到广州的朋友们中间来聊天。很多时候东荡子都是沙龙上的主角。这样风雨无阻的每一个周末聚会谈人生、理想和诗歌的日子，维持了近一年时间，直到东荡子离开圣地居。

  人生是一种回忆，很多时候回想那些诗歌岁月，内心就温暖起来。有一年，我和东荡子去长沙，在夜行的火车上，我们聊到深夜。具体聊些什么已经记不起来，看着车窗外面一闪而过的灯火和天上的星星，我知道人生因为有东荡子这样心灵上同行的朋友而变得富有起来。岁月远去，人生的美得以延伸，是因为人在不断寻找的旅程之中找到方向。令人欣慰的是，在十多年的光阴里，我们这些朋友相互尊重、激励和帮助，做着大家未竟的事业，一起进入那种不约而同的境界。多年后，当我们又相聚在东荡子家阳台的瓜架下，那份情怀不曾更改，就像岁月的风，一一掠过，却不会把我们吹散。虽然，有时候我们为观点而争论，有时候为眺望远处的群山而沉默，有时候为生活的艰辛而失语，无论哪一种情态都如风带雨进入，柔软而晶莹。也正是这样，在时光的流逝中，生命的容颜没有世故圆滑，而是更为仁慈、坦诚，就像我们之间有一阵风，永不寂灭。

诗歌是绝望底下的微光

朋友们都去了哪里？哪里是朋友们共有的家园？在这个时代，心灵上的朋友少之又少。但还有一些人，无论人心如何变幻，那友谊还在，那爱还在。诗人郑玲的一位失散多年的老朋友在书店里买书，就在他将要离开之时，他无意间在一个角落看到郑玲的诗集《过自己的独木桥》，便急切地拿下来，正好翻到《朋友们去了哪里》，当他读到"如今 我有了明净的客厅／却教我等得玫瑰凋谢／眼看着楼前的匆匆过客／我的朋友都去了哪里……"，他情不自禁跪下来哭泣："我在这里，我在这里……"后来这个人辗转找到郑玲，找回了自己的朋友。可想而知，诗人和这位朋友曾经有过不同寻常的友谊，虽然时光老去，但爱还在某个地方，她要唤醒那消失的但没逝去的友情。我相信是内心珍藏的情谊让郑玲的写作保有纯真的本质。诗人胡的清曾跟我说起她年轻之时、在物质贫困的年代跟郑玲学习写诗的往事，那因诗歌而燃烧的岁月虽然有些困顿却是浪漫而明亮的，它激情弥漫，教人深深地怀念。

诗人郑玲是一个历经沧桑的老人。她在少女时代就发表了诗歌，却在二十六岁最好的年华里被打成右派。之后的二十年间她备受凌辱，写作也成为梦想。直至1979年，诗人才回到自己的心灵世界，获得自由。对于一个受到不公平待遇的人，她没有人们想象中那样充满愤怒，她是坚忍的，她是宽容的，她是宁静的，但她没有因此遗忘过去。郑玲在《正在读你》中写道："爱与恨　悔与悟/耻辱与缺失都暴君般将你奴役/你挣扎　你奋斗甚至逆来顺受/把自己变成蛹　让痛苦层层包裹/咬破了茧　才开始飞翔""从苦闷的怀疑中/你找到了神的恩宠/缪斯赠你一支魔笔/你为叹息留下真正的叹息/把叹息化为颂歌/让人类的心灵怡然共处""因此　同情在我们身上/融入血液、目光和手势"。诗中的人物是一个自我奋斗的成功者，灵魂的相近让郑玲敬仰他。她把尊严和思考放进诗歌当中，她用有温度的文字来歌颂一个人之所以为人。

虽然经历了人生的诸多不幸，但正直、善良、热诚依旧是郑玲的天性。她有着一颗年轻的心灵。离休后，郑玲随她先生的工作调动到广州定居，从最初的陌生到后来的适应，广州成为她诗歌的另一个出发地。广州一些年轻的诗人也喜欢去她家聊天，看望她和陈老师。有时我忙，去不了，她都会打电话来跟我说上几句。在电话里，对于她给我的我所不能企及的表扬，我唯有说谢谢！没想到郑老师说："黄礼孩，你老是说谢谢，就没意思了，我是说真心话，你还在那里客套。"我一下被她镇住了。很少见到那么率性的诗人，她没有世故的心，她不纠缠于世俗，她是如此坦诚。天气晴朗的日子，郑老师身体状态好的时候，她会和陈老师约上我们去广州沙面一个休闲的地方享用晚餐。沙面是一个沉淀着文化美感的地方，那里江面开阔，南风吹拂，让人心情愉悦。在黄昏的光中，郑老师流露出她少女般的欢喜。在她与朋友们的交谈中，我想起歌德说过的："我们曾度过许多快乐的往年，现在要从诗歌里体验。"

忙碌的生活把人推向粗糙的边缘，诗心与诗意在渐行渐远。偶尔在杂志上读到郑玲的新作，内心受到鼓舞，她一直在探索语言的新和变。郑老师都快八十岁了，她还保持旺盛的创作激情，她的生命还像年轻时一样召唤着诗歌美神。虽然她已步入晚年，但她用诗歌作为力量，对抗病魔，对抗老年的孤独，对抗时间的无情。正如她说的："没有想到那个离开已久的血气方刚的灵魂竟然'进驻'我的暮年。"中国的诗人、作家到了老年，创作热情大都会衰退，但郑玲是一个例外。我编《诗歌与人："5·12"汶川地震诗歌专号》时选入了她的《幸存者》："幸存者作证的／证实任何灾难／都不能把人斩尽杀绝……"这样充满力量的诗歌来自她经历了苦难人生之后的信念。这首话用于任何苦难岁月的诗歌告诉我们，郑玲是这个时代的观察者、亲历者和见证者。她不是先知，但汶川地震后产生的诗歌热潮印证了她的这些话语充满寓言的色彩。

年轻的时候，诗人都能写出一些诗歌，而暮年还能燃烧自己的生命，还保持敏捷的思维，还有坚忍的精神转换，这是多么令人敬重。郑玲写道："被诗选中的人绝不会为流行、时尚精选一副面具。"(《正在读你》)郑玲不是一个为潮流所裹挟的诗人。她是一个痛苦的诗人，她说身心越感痛苦，越需要以诗来抗拒痛苦，痛苦是她诗世界里的光与盐，痛苦是她触摸人生的方式，也是抚慰疾苦的一种方式。郑玲一开始写诗就抛掉了风花雪月，她远离搔首弄姿，选择直面人生，"当命运决定你沉默／人们说不能开口／但是，我已经呼喊过来／怎能依旧／逆来顺受"(《当命运决定你沉默》)。她的诗歌是对良知的有力书写，她热切的发问就像一只蝴蝶于风暴中疾飞。诗人用热烈的诗歌通过苦难的命运抵达爱的故乡。

作为诗人的郑玲，她的心灵世界是广阔的。她的诗歌是平静的回忆，是对人性与生命的感悟，她不断靠近要描写的事物，让自己的心与世界交融，她喜欢外国诗人的作品。有一次她跟树才聊起里尔克，我在边上听着，感受到伟大诗人对她的影响。高更的一生充满热情与活力，他是诗人心中高贵的画家，当画家的人生走向终极时，诗人与画家一起叹息"天堂到底在哪个角落？／我寻找了一生／何曾得见／那苍穹中的天堂的尖顶"(《天堂到底在哪个角落》)；诗人在湖畔幻见尼采，因为与大师相遇，她"在应该结束的时候／突然准备出发／并且想把道路卷起来／随身带走！"(《相遇尼采》)；诗人钟情普鲁斯特旧居的野蔷薇，蔷薇如火，照亮大师的杰作，诗人感叹大师"明亮的黑色的眼睛／带着淡紫色的眼圈／忧伤　沉默／蕴涵着／大海的负担与忍耐"(《普鲁斯特的蔷薇》)；诗人心痛乔治·桑这位"自由女神"，"你的《康素爱萝》／安慰了那么

多心有创痛的人 / 怎的不能安慰你自己"(《乔治·桑》);诗人梦见邓肯,"我只看见她轻纱透明的影子 / 越过世界的原野 / 所有的高峰 / 都在她的脚下"(《梦见邓肯》)……对于郑玲而言,正是那些大师照亮她的灵魂,她的生命得到温暖;大师的精神之光抵达她的心灵,向她泄露了人性中的秘密,她的身上也就有了这些大师的一些品质,让她获得化蛹为蝶的美,这美是她生命与现实人生碰撞出来的。为了诗歌,她献出了自己的崇拜与爱。

一个优秀的诗人也应该是一个出色的散文家。这是中国文学的传统。郑玲的散文诗和随笔写得清新、生动、豁达,充溢着浓郁的诗意和瑰丽的想象力,同时又有来自生命的思索。在诗人优美的笔触里,爱情是如此动人,她写道:"我爱着陈萱,对他怀着磁铁般的向往和忧伤,要么获得,要么死去,已经没有别的退路了,然而,爱是奉献,我怎能把我的流放生涯奉献给他?"对于一个小生命,郑玲也怀着无限的怀念,在《岂是闲愁》中她说:"也许悼念一条狗至少是接近闲愁,但对心灵来说,没有微不足道的小事,小黑是荒野里的一息清风,抚慰过我的流放生涯。"郑玲的散文时而抒情,时而顿悟,时而写实,她所书写的都是她心灵储存的。她没有优越的思想,只有朴素的情怀。她写她在流放时遇见的人和事,细腻、饱满、深情:"流放到深山之初,我就注意到盐长了,因为他那绝不粗俗的甚至蕴藏着灵性的面孔上有一双忧郁瞳眸。他的身材并不魁伟,却很能负重,从来没见他空着两手,不是挑着一担两百多斤的牛粪,就是背个大树苑。有时,挑两大捆稻草,把全身遮住,好像稻草自己在走路似的,使人觉得他是个天生的负重者,永远背着东西在山国的崎岖上前进。"郑玲的散文记录了她过往岁月的无奈,也书写了那山中的人与事,它是诗人的同情之心。在她的散文里有着我们从未遇见过的人生。作家的能力不是对生活的照搬,而是她的观察和体会。对语言的控制力得益于情感的丰沛,而对世道人心的守望让她在《寻梦者》中热忱写下:"奇妙的少年时代,有过许多悲欢,多是一阵风,一首歌,说忘就忘。但有一种悲欢却是一片新绿的幼林,它会在你的记忆中长大、茂盛,横斜逸出,与你的一生盘根错节地交织在一起,你甚至可以淡忘历史给你的巨创,却不能忘记第一个用友谊将你引向终身事业的人。"郑玲的诗歌和她的散文一起构成了郑玲。

生活中的郑玲,是一个生性中就有美感的诗人,因为美,她保持了优雅的人生。有诗人朋友去拜访时,她都会化个淡妆,穿上漂亮的衣服,她要给大家留下最美的印象。郑玲和陈善壎的爱情也非常动人。陈老师给郑老师写过很多诗歌,那爱流淌在字里行间。他在长篇散文《你这人兽神杂处的地方》里把他们在流放岁月的生活记录下来,那是别样的人生,也是不可更替的爱。他写土质和头香的爱情其实也是他和郑玲的爱情,因为共同经历过人生的黑暗岁月,对生命和爱,他们有了属于自己的信念。陈先生的这篇散文也是研究郑玲诗歌的重要作品,他写道:"郑玲是被诗统治的也被诗虐待。只要拿起笔,饥饿都销声匿迹。喝一口凉水完成一个篇章,她觉得又优越又高贵。那时她写了多少诗就烧了多少诗;朗诵过后便无可奈何地把诗稿送到煤油灯的火焰处。"这一页一页燃烧的诗页,它是黑暗中照亮诗人的微光。波兰诗人扎加耶夫斯基说:"诗是隐藏绝望的欢乐,但在绝望下面——有更多的欢乐。"在最绝望的日子,诗歌是郑玲活下去的信念。让人感动的是,郑玲的先生为了她,选择了与郑玲相同的道路。陈善壎自己是一位优秀作家,但为了照料郑玲,他放弃了自己的写作。在陈老师看来,他的散文、小说算不上什么,诗人郑玲才是他生活的阳光。

又是一个夏日,郑玲老师给我打电话,说刚才在某杂志看了我的新作,我静静地听着,不再一味说致谢的客气话。我在接受着一个老人真诚的祝福,感到有光照进内心。我想起她老人家说过一句话:人,是一种瞬息的存在,于存的瞬息发出一线光芒,就是我所追求的自觉为人的价值。我想,这光芒一定是从她劳动改造的日子上摘下来的光,在漫长的岁月里,这光从来就没有熄灭过。

向略大于整个宇宙的心灵致意

费尔南多·佩索阿之于我们一点儿也不陌生。最初接触到佩索阿是读韩少功先生翻译的《惶然录》,这本书是思想之书,是隐秘之书,也是生活之书。它披露了佩索阿在里斯本暗藏的火,也燃烧出其外在与内心的种种心性。诗人带来意想不到的果实,却是自己的惴惴不安和犹豫不决。

2015年6月初,我们一行去里斯本参加葡萄牙语诗人与汉语诗人的诗歌交流活动,即便在诗歌之外,也能真实地感受到离世的佩索阿是如何影响着里斯本当下的生活。是的,没有佩索阿生活过的里斯本是多么乏味,尽管他生前的生活也是乏味的。但文本里的佩索阿是与众不同的,意味迭起的。我愿意循着他的文字去过他的生活,感受他所经历的渴望、等待、痛苦、孤独、幻想和自我紧张,同时接受他来自人类心灵沉沦与觉醒的映照。

一个人离去多年,但他还在字里行间行走、生活,你就感受到他的气息,你就为他所营造的世界所感动。佩索阿说,在很大的程度上,他是自己写下的散文。看他写的《会计的诗歌和文学》就心生怜悯之情,他写道:"也许,永远当一个会计就是我的命运,而诗歌和文学纯粹是我头上停落一时的蝴蝶,仅仅是用它们的非凡美丽来衬托我自己的荒谬可笑。"在世时他将双手痛苦地伸向天空,却从未触及天空的蔚蓝,他未曾赢得金黄色天空的赞誉,但卑微的人生并没有阻住他伟大的心,佩索阿说:"我逝去又留存,像宇宙。"

上海人民出版社出版了佩索阿的诗集《我的心略大于整个宇宙》,我们看到他被称为20世纪伟大的诗人,这是没有异议的。佩索阿的生活简单纯粹,谈不上多姿多彩,更谈不上传奇。1888年,佩索阿出生于里斯本,不幸的是他五岁就没有了父亲。两年后,母亲嫁给一个葡萄牙派驻南非的外交官,他的童年几乎在南非度过。十七岁时,佩索阿回到葡萄牙,里斯本成为他最后的地址。他在《一种有关无所谓的美学》中说过:"一个人能够获取的最高自律是无所谓地对待自己,相信自己的灵魂和肉体不过是房子和花园,命运规定了一个人必须在此度过一生。"

此后的三十多年间,偏信神秘主义的佩索阿,命运让他没有远足,他日复一日在里斯本干着小职员的工作,直至中年去世。作为一个小职员,佩索阿的生命充满宿命感,他的诗歌中一再披露自己的忧伤:"被众神注定,我要全然孤单地/留存在世上。/反抗他们是无用的:他们给予的/我毫无疑虑地接受。/像麦子弯腰于风中,又昂首于/大风歇息时。"(《我要全然孤单地留存在世上》)佩索阿的生活除了从单位到住处,几乎没有什么改变。在他看来,无论寻找还是等待,命运总是以任意一种形态超过他,且不可战胜。生活并没有厚爱佩索阿,但他也没有因此消耗掉能量。他用写作来除掉生活中所有压抑的魔影,他的写作就成为抵抗恐惧生活的力量。在庸常生活中,他窥见智慧,抛出一些你暗中期待的东西,那样一个闪着一丝恶意的环境里,他并没有贻误自己的才华,这该是命运的眷顾吗?他灵魂的家园居住着真理、正义,还有仁慈的使者。他思考的生命是不服务于任何的目的,他又因为一直在思考彻底的虚无而拥有某种魔法进而成为自己的神秘主义者,他的思想也因之比生存更为长久。

他暗恋女人,渴望恋爱又缺少勇气和过世俗的生活,以致终身未娶。佩索阿写过:"我爱阿多尼斯花园里的玫瑰。/是的,莉达,我爱那些疾速的玫瑰,/它们某天出生/又在那天死去。/照耀它们的光是永恒的,因为/它们在日出后出生,又消逝/在阿波罗停止/他可见的旅途之前。/让我们也在某天活着,/有意地忘掉还有夜晚,莉达,/在这之前与之后/让我们忍耐一点儿吧。"(《我爱阿多尼斯花园里的玫瑰》)莉达,作为一个女性形象不断出现在他的诗歌中,她是恋人,是陌生人,又是倾诉的对象,有时又是一个避难所。在《莉达,我忍受着命运的恐怖》中,他借里卡多·雷耶斯之嘴说出:"莉达,我忍受着命运的恐惧。/任何微小的可能在我的生命里/导致一种新秩序的东西/都令我惊惧,莉达。/无论什么改变我存在的／平稳进程的东西，／尽管它改变是为了某些更好的东西，／由于它意味着改变，／我便憎恨而不想要。众神或许／允诺我的生活是一片连续的／极其平坦的平原，朝它终结的地方奔去。／尽管我从未尝过荣誉，也从未／从他人那里接受过爱和应得的尊敬，／生活仅仅是生活就足够了／而我度过了它。"如此灼热的爱情让人怀疑佩索阿是否有过同样缠绵的爱？现实中的佩索阿一生只爱过一位叫作奥菲利亚·凯罗兹的年轻女子，但他未能给奥菲利亚世俗的爱。这段爱情也无疾而终，却给奥菲利亚留下无尽的回忆。爱情并没有带给诗人耀眼的光芒，但诗人也没有因此去熄灭生活的火焰。尽管失落、虚无、苦闷、孤独占据他的花园，他的精神却穿越被掩埋的泥土，开出比世俗还辽阔的寂静之花。

在里斯本这样一个没有什么朋友可拜访和期待的城市，佩索阿是一个逃离者。他在《我是逃跑的那个》里表达这样的心境："我是逃跑的那个，／我出生后／他们把我锁在我里面／可我跑了。我的灵魂寻找我，／穿过山岗与山谷，／我希望我的灵魂／永远找不到我。"以不同身份来写作的佩索阿，他过上不同人的内心生活，他常波澜起伏又心如死水，他把自己变成一个矛盾体。值得安慰的是，写作拯救了他哪怕短暂的人生，写作让他的世界奇异地出彩。佩索阿在现实世界中过着形单影只的生活，但在他的诗歌、散文、戏剧里却是如此灿烂夺目。佩索阿的意识就是他的头脑风暴，刮起人类心灵的风潮。他说他分裂着自己，像斯芬克斯怪兽。佩索阿在不同的念头之间奔走，他把自己命名为阿尔贝托·卡埃罗、里卡多·雷耶斯、阿尔瓦罗·德·坎波斯，并埋伏在他们的身上。他们是独立的诗人，是田园派、未来派和新古典主义，他们都有自己的诗学主张和宗教立场。他们游戏、冲突、疑虑、错位，目的是成为另一个诗人，成为不可替代的诗人。尽管他们面目各异，但因为都来自佩索阿之幻想，他们所构建的诗歌体系还是一个统一体。这几个被佩索阿杜撰的、虚构的诗人，他们和费尔南多·佩索阿本人一起完成了一个庞杂的世界。

诗人生活在孤独、无望、疏离的人群中，幸运的是，在可怕的疲倦意识中，佩索阿从来没有停止过怜悯之心的跳动，从来没有停止过对善良、未来和神性的仰望。"不！我想要的一切是自由！／爱、荣誉和财富是囚牢"（《不！我想要的一切是自由》），写下就是永恒，这样的胆识不是谁都有。佩索阿说："我向所有那些可能阅读过我的人打招呼，向他们脱下我的宽边帽。"我想，作为21世纪的一个读者，该脱帽致意的是我。是的，我要向费尔南多·佩索阿先生致意，向他略大于整个宇宙的心灵致意。

达维什：诗歌塑造民族文化身份

如果不是 2008 年 10 月初到香港参加"达维什纪念诗歌朗诵会"，我还不知道世上有一个诗人叫穆罕默德·达维什。而当我们阅读到他的诗歌时，这位堪称伟大的巴勒斯坦诗人已于当年 8 月 9 日因心脏手术失败，在美国休斯敦离世，留给我们无限惋惜。

一

"我属于那儿，我有许多回忆，我像每个人那样诞生。/ 我有母亲，一栋很多窗户的房子，兄弟朋友，和带寒窗的 / 牢房！"(《我属于那儿》) 这就是出自巴勒斯坦这片多火多难土地上的诗人达维什的诗歌。这个世界上多数人拥有幸福平静的家，但家对于巴勒斯坦人是一个奢侈的词。诗人写出对家园不竭的热爱。这爱有泪水，有愤怒，有悲伤，这爱充满抗争和力量，这爱是人性之上的渴望。

达维什出生于 1941 年 3 月 13 日。他本来有一个幸福的童年，但 1948 年第一次中东战争爆发后，他亲眼看到以色列军队摧毁家园，生命里烙下痛苦的记忆。这也让达维什从此有了一颗坚强的心，他在巴勒斯坦的自由之路中成长起来。诗人在一首诗中说："假如我有两条路，我会选择，第三条。第一条路已曝光了 / 另一条路也已曝光了 / 所有通往地狱的路都已曝光了。"诗人的道路要穿越废墟、黑暗、死亡，才能抵达独立、自由、和平的家园。三十多岁时，达维什加入巴勒斯坦解放组织执委会。但接下来的是他流亡的生活，他远离家园在莫斯科、埃及、贝鲁特、巴黎等地过着背井离乡、四处流离的生活。

在巴勒斯坦解放组织中，达维什作为一名有远见的知识分子，对立场的坚持，使得他与一些出卖民族利益的人产生冲突，因之退出巴勒斯坦解放组织。1996 年，达维什回到巴勒斯坦，以色列当局把他囚禁起来。达维什在牢狱里写出了感人肺腑的诗篇，他的《身份证》《巴勒斯坦的情人》等作品在阿拉伯世界里享有极高的声誉，许多阿拉伯人都会背诵他的诗歌。这些诗歌深深地鼓舞着巴勒斯坦人民为民族、为尊严、为自由而抗争。就连以色列国的一些人也为之感动。2000 年，以色列教育部部长决定将达维什的五部著作作为学校的选读课本，但这激起以色列鹰派的强烈反对。达维什的诗歌虽然最终没有被以色列学校使用，但达维什在巴勒斯坦举行诗歌朗诵或演讲时，成千上万的人都前往聆听。

生活在战火、饥饿和死亡中的巴勒斯坦人，他们剩下的只有文化。文化成为他们仅有的力量。达维什的诗歌给无力、悲伤、哀痛的苦难者带来顽强和生存下去的希望。"他们没有问：死后是什么？他们背诵着天堂的地图，未理地上的书，却被另一个问题淹没：在死之前我们做些什么？"（《他们没有问：死后是什么》）达维什的诗歌写出了巴勒斯坦人的处境，写出他所在时代的磨难，他的诗歌因之成为巴勒斯坦不灭的薪火。巴勒斯坦没有垮掉，正是伟大的诗歌不断地给人们带来意志，犹如闪电撕开死亡，走向重生。

二

达维什二十三岁时出版了第一部诗集《橄榄叶》，此后，在战火纷飞的年代里，诗人没有停下手中的笔，相继写出了大量的诗歌及散文，出版了三十多部作品。他还为巴勒斯坦国国歌作词。他的诗歌已被译为二十多种语言。2008年10月5日，全世界数十个城市用不同的语言为达维什举办专场朗诵会。这一天，如果达维什知道世人在异口同声朗诵他的诗歌，他一定会感到欣慰。他梦想的自由与和平，信仰人类的共识，已引起全世界人民的共知。

对于巴以冲突，达维什将其解读为"两种记忆之间的斗争"，这样的见解与众不同。战争来自不同意识形态的冲突，来自不同文化差异之间的摩擦。达维什这样理解诗歌："诗歌真正的身份，乃是它的人道精神，它的独特之美，它在多文化、多语言间的自由旅行。我们不能把诗歌限制在一国狭窄的围墙之内，它必定会参与塑造一个民族的文化身份，抵御对这一身份的冲击，抗拒剥夺民族表达自我特性的一切。"

无疑，达维什有着非常宽广的精神向度。战争给诗人带来的深重灾难和心灵的不完整，诗人通过诗歌来修补。虽然时势艰难，但诗人怀着炽热而真挚的灵魂去歌唱："而我们热爱生命　如果我们能找到通往它的路。我们在殉道者中舞蹈，为紫罗兰或棕榈建起宣礼塔。我们热爱生命　如果我们能找到通往它的路。"(《我们热爱生命》)热爱是生命的救赎。对生命保有的热忱是得以在残酷的现实中走向美好明天的秘密，是有限生命走向超时间的途径。

达维什的离世，是诗歌的损失。我的朋友在我那里看到达维什的诗歌时激动地说："达维什的诗歌比起有些获诺贝尔文学奖诗人的作品还要震撼我。"曾经作为诺贝尔文学奖热门候选人的达维什，他永远也得不到这份荣誉了。但他诗歌的精神之光将与人类追求自由和平的梦想一起燃烧，这是达维什给我们留下的丰厚的精神遗产。

诗人散文
SHIREN SANWEN

人文与地理

转身之际，而美却停留

　　城市是时间的炼金术，它是边界、规范、约束，也是交易、生活、游戏，是一种居住的秩序。这个世界自从有了城市对自然环境的干预，就与乡村区分开来。城市让大地更魔幻，成为冒险者的乐园。随着工业革命的到来，城市如万花筒，它是凌乱、嘈杂、犯罪、堕落、腐败，同时也是振奋、欲望、空荡、发狂、力量、梦想，权力、影响力和资源聚集于此，带来狂想与自由的庆典，也带来无尽的挽歌。

　　人来利往的城市，创造了人类文明，也形成了市民生活。我记忆中的城市，它首先是心灵之地，是精神之所，之后才是商业、服务、医疗、教育、体育、展览等聚集地。我去过不少城市，每一座都有所不同，相同的是从此城到彼城的文学朝圣，是路上常有的事。斯德哥尔摩作为诺贝尔奖的发生地，每年12月10日吸引着无数人的眼光。2011年，如果不是因为给欧洲诗歌大师特朗斯特罗姆补颁"诗歌与人·诗人奖"，斯德哥尔摩之于我只是想象中的文学之城。那年7月30日，我们一行去拜访了诗人。诗人的家住在斯德哥尔摩的小山坡上，一栋普通的居民楼，一部窄小的旧式铁栅电梯。诗人的妻子莫妮卡在门口迎接我们。1990年，特朗斯特罗姆中风后，他的身体不是很灵便，他坐在轮椅上等我们，见我们进来，他脸露笑容，眼睛放出光彩。我把从中国带来的好几份专门报道他获奖的报纸打开指给他看图与文，他笑得欢喜，像一粒秋日的果实。有关诗歌的一切事情都会让他闪烁起来。诗人集会，除了酒，更有诗。我们开始用不同的语言朗诵特朗斯特罗姆的诗歌，声音从窗户飘向蓝色的梅拉伦湖。城市因为诗歌，成为瞬间的美学风暴。那时，特朗斯特罗姆还没获诺贝尔文学奖，他只是获得了来自广州的诗歌奖。令人欣喜的是，三个月后，他获得了当年的诺贝尔文学奖。此后，那一趟斯德哥尔摩之旅仿佛被施加了魔法，它变得梦幻起来，成为永恒的记忆。

记忆是作为一座城市存在的。波兰的克拉科夫拥有中世纪辉煌的记忆，它古老的广场还在对今天的人们说着过去波澜壮阔的故事。克拉科夫是世界文化遗产之城，但因为米沃什、辛波丝卡等诗歌大人物曾经居住此城，克拉科夫就成为波兰文学之城，至今还持续地朝向秘密的读者敞开。在克拉科夫，你能感受到"生活与呼吸的都是文学"。以往，我们去类似布拉格等这样伟大的城市，都会去拜谒该城著名诗人、作家、艺术家的墓地。"死亡"是文学作品中永恒的题材。死亡在中国人看来是异常沉重的话题，墓地也就成为忌讳之所。但欧洲的一些基督教公墓却是人们常去的幽静之地，比如在瑞典的哥得兰岛上，我们发现电影大师伯格曼的墓地只是一块鲜花围绕着的小石头，上面写着他的名字及生卒年月。那天的阳光灿烂，透过树林照进来，仿佛他的电影镜头。墓地，也是城市的一部分，那种把艺术、建筑和自然结合在一起的森林墓地也就成为思索人生的一个去处。有一年去布拉格拜谒卡夫卡的墓地，居然在墓碑前面的白沙子上面发现放有一本中文版的卡夫卡小说集，而且是包装好的。是怕书遭遇雨淋虫咬吧。我想，一定是一个中文读者，像我这样千里迢迢来，只是为了献上一份凭吊。相对于卡夫卡的墓地，辛波丝卡的墓地很难找。我们转了几趟车，问了很多路，最终得以完成心愿。在墓地，我用雷州话朗诵了辛波丝卡的诗篇《墓志铭》。点亮蜡烛，献上鲜花时，我知道那时光已静默如谜。

我们去往的一些城市，有着预支的特殊快感，尽管它是陌生的，却又交织出熟悉的气味，仿佛这些就是过去的生活片段。去克拉科夫之前的2014年，波兰诗人扎加耶夫斯基（后称老扎）给了我一张关于他在克拉科夫的纪录片，片子把克拉科夫的历史、风俗和扎加耶夫斯基的文学生活融合在一起，很是吸引人。按理来说，夫克拉科夫是一定要拜访老扎的，更想让老扎带我们去看看他们在公园里的诗人凳子，但因为很快在另一座城市格但斯克要见到他，所以我们没有打扰老扎。我猜想着，刻有扎加耶夫斯基、辛波丝卡、米沃什等诗人名字的椅子，它应不同于都柏林戴眼镜的诗人铜像的座椅，也不同于里斯本"巴西人咖啡馆"门前诗人佩索阿坐在椅子上的雕像，终是留下一些遗憾。不过,在格但斯克见到扎加耶夫斯基先生后,觉得之前的那些遗憾也就不算什么了。格但斯克以琥珀之都而出名,但其实是一座饱经沧桑的港口城市,这座城市的建筑、雕塑、美术馆都彰显着深厚的文化,繁华与宁静互相映照。2015年,乌兰教授翻译的我的波兰文诗集《谁跑得比闪电还快》由格但斯克大学出版社出版,出版社在格但斯克大学为我举行了一个隆重的首发式。至今,那场活动依然是我珍贵的记忆。我记得波兰朋友的朗诵、歌唱及扎加耶夫斯基先生缓慢有力的发言。傍晚时分,主办方还在花园里举行了晚宴。坐在我身边的老扎指着院子里盛开的木莲对我幽默地说,你来了,这花都为你绽放了。惠特曼曾经用诗歌歌颂过城市:"海的城市/到处是码头和货站,到处是大理石和钢铁的门面!/骄傲而热情的城市,昂扬、疯狂、奢侈的城市!"格但斯克是惠特曼描述的城市,但海水荡漾之城,在我这里已是心灵之城,是可触、可见、芳香的世界。

每一座城市都有自己的味道,气味却是从内心的热情里升起,仿佛打开灵魂中隐秘的一部分。刚到慕尼黑的夜晚,我们就去了酒吧,慕尼黑到处飘着小麦酿出来的啤酒花之味,得意的人与失意的人都以自己的方式喝着啤酒。城市展露自己的方式,很多时候是从味觉开始的。啤酒节是慕尼黑的小调,金色的泡沫混合着震撼的王者之气。但慕尼黑之美是从人的身上叠加出来的,具体的人则是德国最重要的作家恩岑斯贝格。作家、诗人的书房尽管是私人的,但它对我们开放,它就成为这座城市为我们敞开的美好的一部分，成为光与空间的艺术。我问恩岑斯贝格先生，他对哪一个中国作家印象深刻。他说是鲁迅。八十八岁的他马上起身，在书架上取下鲁迅的书给我们看。慕尼黑是一个大城市，但它又小到如一间书房，带着奇异的生动与清晰，那里缓慢漂移着诗人与我们的对话和朗诵，一如城市的民谣。对我而言，经历过沧桑岁月的恩岑斯贝格先生，他的晚年还保有儿童般的童真，他自己就是这座城市的一首天真之歌。

不少城市之前寂静无名，因为电影而广为人知。电影是宣传城市重要的力量之一，它深刻地探索着现代城市的各种特性。不同题材的影片加起来就是流淌的城市史，被电影定义了的城市让人从里到外去了解城市的变迁。伍迪·艾伦的系列城市电影，从《午夜巴塞罗那》到《午夜巴黎》，从《曼哈顿》到《纽约的一个下雨天》，从《人人都说我爱你》到《爱在罗马》，他的电影都带着丰富的情感去叙述都市的文化，成为这方面的典范。相对于伍迪·艾伦类型化的电影，我更喜欢保罗·索伦蒂诺的电影《绝美之城》，他的电影让我们看见城市的裂缝，那缝隙倾泻出来的城市之光映照了城市矛盾的命运和虚浮的表象。《绝美之城》观照的罗马，它是虚妄中破茧而出的美，但人生除去浮华，只是梦的盘旋。电影把都市的繁华、悲凉与深刻交织在一起，绝美的城市是一个迷人的黑洞，就像电影的开场白说的："通常事情的结束都是死亡，但首先会有生命，潜藏在这个那个中间，说也说不完。其实都早已在喧嚣中落定。寂静便是情感，爱也是恐惧。绝美的光芒，野性而无常。那些艰辛悲惨和痛苦的人性，都埋在生而为人的困窘之下，说也说不完，其上不过是浮华云烟，我不在意浮华，所以……这就是小说的开始，最终……这不过是戏法，对，只是个戏法！"

电影最大的魅力就是将梦想化为真实。电影城市与城市电影一起塑造了城市生活意义、体验和情感共鸣，成为最有力的武器。电影作为媒介，也成为都市精神的一部分，因为一部电影爱上一座城市就是最好的佐证。"世界上有那么多的城市，城市里有那么多的酒馆，她偏偏走进我的"，电影《卡萨布兰卡》里的台词足以吸引你去遭遇一场爱情。"在汽车电影院的后排，灯光闪烁不定，我们一起看电影《卡萨布兰卡》的时候，我爱上了你。"多少动人的故事因此发生。这么多年过去了，我去卡萨布兰卡，还是因为老电影《卡萨布兰卡》，但电影是一回事，现实是另一码事。好在，消失了的《卡萨布兰卡》之外，不算糟糕的是，还有气质高贵的诗人法蒂哈。若干年前，卡萨布兰卡的女诗人法蒂哈来过广州，我为她出版过中文诗集，在美术馆为她举办过诗歌朗诵会，虽然多年没见，但诗歌还是我们之间链接的导火线。"所有真实的人生皆是相遇。"2018年6月20日，我们应卡萨布兰卡哈桑二世大学邀请，在那里做了诗歌朗诵会。意外的是，我们还见到前摩洛哥文化部部长及作家协会主席、布克奖获得者默哈迈德·阿沙阿里（Mohammed Achaari）先生。在拉巴特美丽的海边，我们谈文学，吃海鲜，精神在城市之间呼应起来。之后，我们受诗人法蒂哈邀请到她家做客，品尝她做的摩洛哥风味。这样丰盛的家宴，让我想起电影《巴贝特的盛宴》。除了美食，还有歌唱、舞蹈、绘画，新的卡萨布兰卡就产生了。一座城市因为有你的朋友，它就亲切起来。举目无亲的城市未必就冷漠，当灿烂的文化如途中的镜子照过来，它过往的传奇，使得那些飘忽的心灵也像爱的力气一样回来，更多的意象就浮现眼前。

并不是所有旅行者都被城市温柔以待。有一回，我的朋友就在巴塞罗那被小偷盗了两万元。巴塞罗那自然就成为朋友的伤心之地。城市有别，就像人的命运。回头看自己生活的城市，尽管也热闹非凡，但并没有巴黎左岸那样在咖啡馆谈文说艺如同在市场买菜一样真实的生活场景。新的一天始于一杯咖啡，一如我们始于一杯清茶，但你已经不能在花神咖啡馆遇见毕加索或加缪，也不可能像年轻时的马尔克斯在巴黎遇见偶像海明威，对他喊"大——大——大师"，而海明威挥手说"再见，朋友"。兴许你在伊斯坦布尔街头拐弯处遇见帕慕克，与他打一个招呼"大师，我正在读您的书呢"，之后就走开了。可惜，你怎么努力也做不到，因为你没有生在一座有精神风潮的城市里。

2020年，叫卖的城市地摊经济让我想起一位在都市流浪的诗人北海。北海是白族人，他退休后，自己骑单车游中国，靠写诗养活自己。有一天，经别人介绍，他来找我。北海身材高挑，扎着有些花白的辫子，胡须杂乱，衣服也有些陈旧破烂，他手里提着半瓶白酒，仿佛找我来喝酒的样子。他开始在广州的城中村里生活下来。作为一名诗人，只要你把诗歌写好了，身份已经不重要。写一手好诗歌的北海，他慢慢与广州的诗人朋友熟悉起来。北海这个人笑起来很亲切，很快赢得朋友的好感。诗人粥样资助了他出版诗集。自此，他就在广州的大街小巷卖起他的诗集，很多大学生、少男少女都喜欢买他的诗集，请他签名。有时候，我远远看到一群人围着他买诗集、签名、读诗，内心充满感动，愿他诗歌的道路漫长，他就是城市的一道移动的风景，带着他对生命的诚实。但他也经常遭遇城管的驱赶，不得不东躲西藏。多年后，在西班牙的格拉纳达，我与朋友遇见一位阿根廷来的诗人，他在这座小城卖诗歌已经好多年。比诗人北海幸运的是，他每个晚上都在一座步行的桥上卖自己的诗集，没有城管驱赶他。他卖诗集这个行为，也成为这座小城活体的个人诗歌小书店。广州毕竟不是北海的故乡，最终他回大理老家去了。自此，广州再也没有诗人在大街小巷卖自己的诗集，偌大的城市，再没有这个小人物卑微却温暖人心的身影。

文学与城市是双向构建的，文学给予城市想象，城市的变化又反过来影响文学。诗歌、小说、戏剧都是城市的心灵史。作为精神的游牧者，即便我们生活在城市，也周游过世界上不同的伟大的城市，在每一座城市寻找来自另一个世界的别处的生活，城市之于我们还是陌生的、想象的，也许没有任何值得回忆的故事发生。拥有足够的生活才是生活本身的目的，我们无法穷尽一生同时在不同的城市生活，但想象的都市生活就像飘忽不定的云朵，一如地图般的形状，有着意想不到的变幻，带来时间的灰烬，也带来时间的旅行。一切确定之外，事实上无一可确定。也许城市的魅力是在遇见，因为"所有真实的人生皆是相遇"。城市提供了梦与现实的游离，就像在矛盾的镜子中窥见自己，在开始之处开始，在结束之处结束，一如我们需要另一个世界的存在。当我们从这一城离开到那一城，就在离开的瞬间，城市被凝视的影子就留在美的明眸里。

澳门的几个瞬间

澳门虽小，却是一个说不尽道不完的地方。第一次去澳门是 1996 年。在瞬间跨过拱北抵达澳门后，用好奇的目光打量眼前的一切，发现澳门以宽广的胸怀热情地接待着陌生的客人们。这就一瞬间的工夫，你就对陌生文化产生了浓烈的兴趣。此后，去澳门就多了起来，自以为对澳门已经很熟，但每次去澳门都能发现一个不同的地方，一个让你心神荡漾的处所，看见此城不同的层次。澳门之于我，就是一本岁月中越读越有深度的书。

一、食在澳门

对任何你所热爱的事物，你都应全力以赴，这就是值得过的人生。美食，人生的一味，自然如此。有一回，带父亲到澳门玩，在路环的小教堂前面的大排档吃东西，吃出了小时光之美。小教堂色调温暖、宁静，庭院的荷花开出了粉红的音乐，而对面的海也被傍晚的夕阳染得金黄。放松的环境才有可口的食事。父亲用葡式面包蘸着牡蛎汁，看着他吃得喜悦的样子，人生就有了一些满足感。澳门因为有路环才变得可爱。常去离岛路环市中心，在那里无所事事吃着老牌的安德鲁蛋挞，之后再去十月初五马路转转。这条街倒也没什么著名之处，却隐隐散发着沉默之光。全中国，让我产生好奇心的唯有澳门的地名，光看澳门精彩纷呈的地名，就看到了澳门文化的一个侧影。比如，十月初五马路，就让我莫名喜欢起来，为此还写了一首诗歌："十月初五日遇上一条街／海水敞开，仿佛初月也要从水路到来／十月初五日发生了什么／它明暗不定／没有谁能让岁月重见天日／时间之谜已经创造了黄昏的云朵／游人如织的澳门，十月初五马路更像一封寄出的信／依着栅栏，阅读旧石头的声音，沉静如拐角处／温暖的小教堂，我记得那年／你在小教堂外面的莲花池拍照，你的喜悦／独自沿着临海的大街奔跑，街灯一盏盏明亮起来。"(《十月初五街》)

因为葡萄牙文化在澳门几百年，原来以广东菜为主的澳门饮食就处处有葡萄牙元素。2015年，与澳门诗人姚风等朋友去里斯本参加中葡国际诗会，又吃到经典的葡国菜。一道鸭肉丝饭，异常入味。人在他乡，有熟悉的味道入口就能解决水土不服的问题。另一道菜是马介休，用盐腌制的深海鳕鱼，也让我记忆犹新。以至后来，在里斯本吃饭会想起澳门往事，在澳门吃饭也会记忆在里斯本的瞬间。2019年6月，参加《艺文》杂志到澳门的采风活动，有一个晚上由澳门日报社宴请大家在"九鱼舫"吃饭,这是一家精致的葡国菜饭店,每一道菜都别出心裁、细腻、可口。后来才知道,当晚为我们下厨的是卢子成先生,他是大名鼎鼎的前澳门总督府御厨主理。当晚,他做的马介休银鳕鱼就别出心裁。不少厨师把鱼煎熟后端上来,附有柠檬片,由食客自己挤柠檬汁到鱼肉上,很多时候柠檬汁挤多了就会酸,破坏了鱼自身的味道,但卢大厨在煎鱼之时已经调出恰到好处的柠檬味,这道菜从细节上就决定了它出品的不凡。对食物的尊重就是对生活的态度,细节决定人生的味道会到味蕾的哪个深度里去。关于澳门吃事,真是说不尽,道不完。不过再美味的佳肴,不在于吃什么,而是与谁吃。去澳门,与澳门的一些好朋友雅集,那些岁月就像味道在口腔里流转起来,一如生命里的盛宴。

二、观在澳门

澳门有显而易见的丰足。当你去了解澳门的文化事务,深入澳门的文化肌理,你会由衷地感慨,澳门真是一座文化名城。过去几百年中西文化在这里的各种交融、沉淀就不说了,光说当下的澳门国际音乐节和澳门国际艺术节,它们创办至今都超过了三十年,这样的文化积淀不是哪座城市都有的。这些年,得益于澳门文化局的邀请,我在澳门看过大量国内外的艺术作品,这些纷呈的作品一直在滋养着澳门人的心灵。澳门文化中心、岗顶剧院、大炮台、郑家大屋、玫瑰堂、旧法院大楼、牛房仓库等地方之于游客，它们是旅游景点，但于我来说，它们都是艺术发生的地点，一个个心灵的居所。澳门人不但在专业场所里做专业的事情，还把艺术搬到社区里去，让艺术出现在不同的时空，百姓自然会受到感染。在澳门看演出，实在是一种享受，我曾经写过多篇文章，现在与大家分享一下澳门本土文化的一个侧影：

《离下班还早——车衣记》，作为第三十届澳门艺术节上的一个本土纪录剧场，这是一部致意之作、诚恳之作，内心被触及，泛起一阵暖意。它是对澳门过往岁月的回眸，是对澳门制衣业的见证，更是唱给女性制衣工的爱之歌。历史上，澳门是一座以神香、火柴、爆竹等为传统手工业的小城，自 20 世纪 50 年代起，家庭式的、小作坊式的到中小型制衣厂散布澳门的大街小巷。至 70 年代，随着欧美实行限制进口配额制度，看起来不利的事情，反而帮上了澳门的制衣业。那时还有泰国、缅甸的一些华侨带来廉价的劳动力，加上香港的制衣业也往澳门转移，澳门的制衣业蓬勃发展起来，多时有两千多间制衣厂，一时蔚为壮观。随着岁月的更迭，90 年代中期后，制衣业北移，并开始衰落，澳门的博彩业逐渐浮出水面。自此，大规模的制衣业慢慢淡出人们的视野，逐渐从生活中消失。

作为实体的制衣业远去了，但它也曾是澳门经济社会发展的一部分，应该把这段历史留下来，不至于淹没与缺席。《离下班还早——车衣记》作为精神心灵的记忆之歌，此时应运而生。作品以纪录片访谈和话剧相结合的方式来表现，有效地把时间、空间和人物拉到眼前，产生一个在场的效果。真正的生活是在场的。剧中不时插入互动的环节，有观众感慨他们家的衣柜至今还藏有一些澳门牌子的衣服。如此说来，澳门人对自己的服装品牌还是保有一片深情，流露出惋惜之意。

作品有多种叙述方式，其中以一个孩子的视角来观看那个时代的制衣生活尤为动人。去制衣厂做针线活儿营生的，大都是低收入的妇女，她们的家庭过着广州"七十二家房客"那样窘迫的生活。随母亲到厂里上班的孩子，其耐心是有限的，总是盼望母亲早点儿下班，离开那个枯燥无趣的制衣厂。孩子小，还处于懵懂之际，他们哪能体会到生活的艰辛，哪里知道人生的辛酸都系在飞针走线的不断重复的日子里。多年后，当长大成人的孩子们从事艺术，他们无意回望母亲那段飞针走线的光阴，那些变成了每日生活的针线劳动，那些日常生活的微小永恒，却让他们的内心变得柔软起来。创作者提及的母亲也渴望人间的乐趣，她在深夜陪孩子做各种游戏，用剪影剪出不同的造型，或奔马，或飞鸟，剪出了一道道新的风景。现场看演出的晚上，无论是来自缝纫机嗒嗒嗒的吟唱，还是现场伴奏的音乐，每一个空隙都烘托出表演者的情绪。看着旧电视显示屏里播放的口述影像，那些过去的厂房，她们风华正茂的样子，眼下的状态，不断来回切换，让观众穿梭在她们过往所有的哭泣与欢笑、忧伤与喜悦、困顿与希望中。

20世纪70年代，偷渡香港与澳门，专门有一个词语"逃港"。"逃港"这个词的大意是指新中国成立后，内地与香港分属不同的社会制度，自20世纪50年代开始到80年代，内地居民非法越境进入香港的行为。随着中国改革开放之后，这种行为成为记忆。逃港与逃澳都是一样的，关于这段历史，时间充满了差异性，所有的过去都存在于多维的精神空间，需要敏锐和勇敢的思想来穿越。"逃澳"被主创者作为背景放进《离下班还早——车衣记》中来，篇幅不大，但有了此笔也就大为不同。艺术作品都离不开它的时代背景，我们也因此理解剧场中人物所面临的时代沮丧、动荡与困境。剧中角色的述怀甚为动人，几位不同年龄段的车衣工，她们讲述牢记于心的东西，也说出她们的爱与怕。作为生于斯长于斯的新一代澳门人，他们没有回避内心的追问，没有讨厌自己的出身，他们正视历史，以良好的心态去对待过去，并以一种敬意去书写母亲们的记忆，还原她们的生活，赋予一代车衣工尊严。就像这部作品的导演李锐俊与文本创作者梁倩瑜，他们内心有一种爱的期待，一种自童年以来不曾体验过的爱，在自身的心灵深处涌动。他们爱着自己车衣工的母亲，虽然她们普通渺小，但对于他们而言就是全部。当他们的感念穿透时间，影像记录与剧场由此成为可感之物的艺术，出现的事物并没有消失，它们被描述，被观察，被表现，爱是此时轨道中的语言，因为我们看到上一代与下一代之间还有一脉相承的东西在他们的身上流动。

剧场的一个目的就是展示一些难以忘怀的瞬间，它们是创作者和个体在生命经验之间的流转，人、物、景、情节设置出一个空间，尘封已久的记忆通过这个被缩小的空间又回到了我们的身边。生命是一大块拼布，生活就是许多片刻织出来的布料，一小块一小块拼出只有你经历的生活：在异常忙碌的制衣日子，她们会去找点儿甜品来安慰自己，也会在某个黄昏呆呆地看夕阳下山，唱一首内心的歌——那些瞬间如此平凡，没有什么秘密，没有多少值得记录之处，也没有复杂的人性冲突。日子一天天过着，日复一日的叠加与乏味，陈词滥调的背后却隐藏着你看不见的戏剧性。这也就是创作者李锐俊说的，是眼前隐没的存在。时间的美学指向另一个生活空间，它不是天桥魅影里的时装秀，而是车衣工穿着时装试衣时的非专业化动作。这些细节透出作者想传递的意念，生活表面涌现的时装文化潮流与一名背后的车衣工之间有着怎样的距离。如果把广大的女性车衣工视为一个个体，《离下班还早——车衣记》似乎是个人的历史书写而不是抵抗廉价劳动的群体，剧目没有提及所谓的女性意识觉醒，但她们飞针走线的岁月，渴望做出一件漂亮衣服的心愿，何尝不是一种美！她们是温暖，是澳门存在的光线。

在澳门的其他文艺类型作品中，很少看到对制衣这个题材的关注。也许它已经离开生活的现场，不够宏大，也没多少惊心动魄的事情出现。但本雅明说，纪念无名者比纪念知名者更困难。给一代代的澳门制衣工立名，这就是作品内在的深度吧。本土艺术家去挖掘本土题材，看起来天经地义，却又如此之难。澳门风盒子社区艺术发展协会，他们发现了这个题材，用始终如一的初衷来呈现，他们的演绎里涌现出细致的、真挚的、新生的东西。也许是受经费、人才、制作等方面的影响，这个作品还是显得粗糙和单薄，但往后如果还有机会加以修改提升，会是一部不错的作品。

一部作品与它的呈现空间有很大的关系。牛房仓库作为澳门的一个创意空间，简朴但接地气。艺术家创造出一个新的空间，让戏剧文本、演员和观众之间能很快地建立起一种严谨、活泼、深刻的联系，那是即时性与进入性的相匹配。如此，新布置出来的"制衣厂"作为表演空间，它的气味让观众感受到这个剧是从那里生长出来的，草根且富于开花结果的真诚，在远离表面生活的深处，它是移动的瞬间，也是消失的瞬间。

三、书店，澳门微暗之光

人需要温暖，书店是提供光的地方。"议事亭前地31号的永兴大厦1A"，这样的一个地址有如"查令十字街84号"，是读书人与书店相遇的地点，一个不可错过的缘分。最初，我无意中发现边度书店的时候，有说不出的惊喜。之前，我常去的是澳门的葡文书局，在那里买到安德拉德、佩索阿、贾梅士、庇山耶等葡萄牙诗人的诗集，还有葡萄牙最著名的音乐"法朵"，那忧伤的音乐有时比一本书更有厚度。遇上边度书店时，就像遇见语言的意外。边度书店在旅游区的繁华之地，躲在永兴大厦1A，闹中取静。有一次，无意中在一家网站，看过一位读者的留言："2003年，边度有书开始守护着这个小小的阅读世界。身处繁华的观光区，议事亭前地 31 号的永兴大厦 1A。自幽幽的阶梯道拾级而上，推开店门时一声清脆的铃响，柔和的灯光随即映入眼帘。店面布置丰富多变而从容不迫，充分利用有限的空间，四周和中间是各式的书架和书柜，书籍或平躺，或列队，或倚卧，高低起伏、错落有致、各就其位，近窗横置一张沙发，前面一个茶几，放有几本笔记本，供客人随意留下感言，格局紧凑而不逼仄、随意而不凌乱，给人居家书房的感觉。"这段话勾起了我的很多记忆，甚是怀念那个地方。后来有一段时间去澳门，倒是省了去书店这个环节，但总是觉得少了一些东西。再后来，向澳门的朋友说起书店，他们说边度书店搬到连胜街 47 号了，就在镜湖医院附近。书店没死，澳门微小的光还在亮着。连胜街上的边度书店与之前议事亭前地的，已完全不一样，没有楼上楼下两家店，书与音乐碟混在一起，小是小了许多，不过淘起书和碟不用跑上跑下了。澳门的经济不断在发展，但仅有的一家人文书店不断在缩小，真叫人心酸。一座城市必须有一家像样的书店。值得庆幸的是，再小的书店，它还是存在着，就像光是从生存的裂缝里透出来。书店的主人吴子婴是一个文艺青年，写一手好文章，他懂音乐，也熟悉港台文化。平时，我去他的书店，大部分时候就我们两个人，我就边找书，边与他天南海北闲聊，他时不时给我推荐一些他看过的书或者音乐，比如我现在听的 ECM 系列音乐就是他推荐的。澳门总有一些为理想活着的人，书店的主人吴子婴如此，他书店里所卖的《艺文》杂志的社长刘阿平也是这样的人。《艺文》杂志作为本土人文杂志，坚持到现在，已经三年，三年让澳门的文化肌理添上新的痕迹。他们都相信书本有转变的魔力，可以把黑暗变成光，把虚无变成存在。作为一个个体，在澳门做小众的文化是艰难的，但他们保有做事情的自由，城市变迁的时光里有他们的身影，有他们生命的业绩。

在澳门与美相遇

澳门,一年要去好几趟,每一次都有一些意外的惊喜。在我看来,广州与澳门之间就是一首诗的距离。每次去澳门,几乎都是为了诗歌上的事情。前几天又去了一趟澳门,与诗人姚风商量《中西诗歌》的稿件。因为多年前广州诗人温志峰与澳门诗人姚风在澳门相遇,广州和澳门有了诗歌的缘分,内地的诗风吹过这个半岛。

中午,我们开车去路环。那远离赌场的小岛大概是澳门最安静的地方了。那里有建于1820年的小教堂。记得上一次来的时候,小教堂院子的荷花开得正旺。这次看不到荷花,有点儿遗憾,倒是院子两边的菩提树的叶子随风荡漾,带来一刹那的舒适。小教堂是向所有人开放的。教堂很小,但安静而神圣,摆着耶稣像、圣母像,还有在爱中行走的德兰修女的照片等物品。

一个人的时候,坐在小教堂里,心无杂念地感受轻柔的光照进心中,完美而丰盈。我想,心态在某种程度上决定了你看见的世间万物的状态。我对姚风说,每次来这个地方都想在这里停下来。人有时候是需要停下来观照自己内心的。教堂之外像欧洲的一个农庄露天的院子。院子地上的石头是由从葡萄牙运来的乳白色石头和黑色石头铺成的,两排摆了桌子,三五成群的人在喝啤酒,小声聊天。黄颜色与绿颜色相搭配的小教堂,菩提树,美食,对面隔海相望的爱琴海,我们在此谈起一些宗教和诗歌上的事情,这样的相遇情趣盎然。

下午,姚风送我到澳门艺术博物馆。澳门艺术博物馆是我中意的一个灵性的地方。每次来澳门都想到那里走走,之后坐在露天咖啡馆,喝喝咖啡,翻翻画册,吹吹海风。身后是极具现代设计元素的建筑,前方是跨越大海的桥和更远的岛屿。来澳门,坐在现代建筑与大海之间,看蓝色大海上的白云,心也随风舒展。

澳门的前生今世总令人深深地感慨。葡萄牙诗人都喜欢澳门,从贾梅士到庇山耶,到安德拉德,再到前段时间来的众多葡萄牙语国家的诗人,澳门成为他们旅居、生活和书写的地方。对葡萄牙现当代诗歌产生过深刻影响的象征主义诗人庇山耶,他的墓就在澳门。记得安德拉德说,在澳门时,在一个星期日,他买了黄色的雏菊去拜谒庇山耶。安德拉德甚至朗诵了庇山耶的诗歌——我在花园漫步,茉莉花多么芬芳,月光多么洁白。事实上,把李白视为精神导师的安德拉德在内心世界里喜欢澳门。他从不遮掩地说:没错,先生,我作为一个称职的诗人,来到澳门,此时正坐在文华酒店的平台上,想起李白的离别诗。现在,我坐在艺术博物馆的平台上,却不敢说自己是一个称职的诗人。

突然想起路上姚风跟我说,最近有一个瑞典皇家芭蕾舞团的演出,可以看看。生活在广州,偶尔我们会去香港、澳门看世界顶级的艺术演出。我立即去购票,没想到售票小姐说就剩一张票了。我有些惊讶。也就是说一个月前票已卖完。这在广州是很少见的。

虽然买不到世界顶级艺术团演出的票有些遗憾,但惊喜的是看了一场卢浮宫珍藏古希腊瑰宝展。从来没有想到会真实地站在阿芙罗狄忒女神的面前端详她的形体。是的,古希腊之美在五月的日子抵达我们的心灵。我放松脚步,压低呼吸,把目光停留在她美丽的脸上,想起萨福写给阿芙罗狄忒的诗篇——"你知道这个地方:那么 / 离开克里特岛到我们这里来吧 / 我们在最美好的果树林边 / 等着你,就在那专属于你的 / 领地;香气在圣坛上升腾,清凉的 / 溪水的潺潺声穿越 / 苹果树枝,娇嫩的 / 玫瑰花丛遮盖着地面 / 颤抖的叶片陷入 / 沉沉睡梦中,草地上 / 春花朵朵,马儿们 / 皮毛光鲜,小茴香的气息 / 弥漫在空气里。女王:塞浦路斯 / 将我们的金杯注满爱 / 搅出清洌的众神之酒。"(《致阿芙罗狄忒》)

这些雕刻作品,小的就巴掌大,大的比人的比例还要大。这些大小不一、完整或缺损的雕刻,它们细小的纹理你都可以看得很清楚,就连岁月的尘埃你也触摸得到。是的,就在一瞬间,你会感受到那漫长的光阴都在庇护着阿芙罗狄忒,你会听到阿芙罗狄忒女神均匀的呼吸,她灿烂的美。看这么多孕育于爱琴海文明的雕刻作品,看这些创作于公元前五世纪及前后数百年间的作品,你不得不为这完美的作品心驰神往,继而微笑叹服。从希腊群岛到澳门三岛,在此与公元前五世纪的美相遇,一颗心被爱追赶着。拜伦的赞美似乎又在耳边响起:"希腊的群岛,希腊的群岛!/那里有火热的萨福恋爱和歌唱……"(《哀希腊》)

佩索阿：怀有"心灵分身术"的踱步者

我一直相信，无意间发现的美总有触动心灵的时刻。2019年7月初的一天，随《艺文》杂志组织的作家们去氹仔海边马路的龙环葡韵采风时，就有了一次额外的邂逅。龙环葡韵是澳门八景之一，葡式住宅、嘉模教堂和公园一带有着迷人的景致，是澳门一个滋养心灵的处所。那些日子，和煦的微风吹拂，荷叶田田，荷花开出飞扬的欲望。此地来过几次，似乎每次都给人不同的观赏感受，为澳门还保有这片清净之地而感慨。

走着走着，我独自一个人偏离了队伍，却意外发现"汇艺馆"那边有一排雕塑在展出，我眼前一亮，似乎听到什么召唤就走过去。"这不是佩索阿吗？！"我自己都兴奋得叫了起来。对于文学界之外的人，佩索阿也许是一个陌生的名字，但对于热爱外国文学的人来说，他是一位难以被忘掉的作家、诗人，他甚至被誉为"欧洲现代主义的核心人物"，评论家哈罗德·布鲁姆还说他是惠特曼的再生。自1996年，著名作家韩少功把佩索阿的《惶然录》翻译过来后，在中国文学界引起轰动，无数的作家和读者把佩索阿视为心灵深处的精神之光，这一切都因为他的作品具有超越时代的普遍性。

佩索阿，高瘦，黑胡子，戴小眼镜和礼帽，他的形象深入人心。这样的人走在街上，你能一眼从人群里把他辨认出来，尽管他是一个沉默的诗人。澳门龙环葡韵户外的水池边展出"走路的佩索阿"，他手里拿着报纸，正在独步，沉浸在自我的世界里，就连那美妙的喷泉也未曾惊动他。因为阅读过佩索阿的诗与文，也见过他的照片，眼前佩索阿的雕像，他的形象到位、准确、传神，雕塑语言干净利落，充满节奏感。一位优秀的雕塑家应该对节奏异常敏感。雕塑虽然为凝固的建筑，但实质上有其内在的节奏。佩索阿这个雕塑不仅仅处理了节奏问题，雕塑家甚至透露出音乐性。我心里琢磨，是什么样的雕塑家抓住了佩索阿出神的一刻？进了展览馆我才知道，"踱步者佩索阿"这组作品并非出自哪个外国大师的作品，而是来自澳门本土雕塑家黄家龙之手，是这次"艺文荟澳：2019国际艺术大展"中的一个单元展。之前，我接触过一些澳门的艺术家，没有人与我提起黄家龙，或许也没有谈起雕塑这个话题。我好奇澳门本土还有这样对文学有内在体验的雕塑家，当即就请澳门的一些朋友联络他，但没有成功联系上，后来只好作罢。

到了9月，应澳门大学研究中心邀请，参加"澳门文学三十年"研讨会，会后，我还是念念不忘"踱步者佩索阿"的创作者黄家龙，与澳门作家黄文辉说起此事。文辉兄说，黄家龙是一个热心、有能量的雕塑家。由此，我得以拜访了雕塑家黄家龙先生。原来，1977年出生的黄家龙生长在一个文艺家庭，他的父亲是一名水彩画家，他自然是耳濡目染。2000年的时候，黄家龙考入广州美术学院，他的老师当中就有著名雕塑家黎明、梁明诚等人。在广州读书的那些日子，黄家龙利用写生和田野调查的机会，走向敦煌莫高窟及其他一些地方，游艺之路打开了之前他在澳门所没有的见识和视野。毕业后，回到澳门的黄家龙，一边从事艺术教育，一边从事雕塑创作，他的很多雕塑作品为澳门不同的机构所收藏。在澳门，我想自己应该见过他的雕塑作品，只是当时没有留意到雕塑作者的名字。

那天中午在三盏灯，我与黄家龙聊起我们的里斯本记忆，我们都喜欢里斯本的法朵、黄色电车、大陆尽头的大海、风中的蓝花楹。他说，他小的时候随母亲去过里斯本，在里斯本玩了一个月。在他看来，澳门与里斯本差不多，一样的石子路，相似的建筑，有许多共同的东西。2015年，我有幸和姚风等诗人一行到里斯本与葡萄牙诗人进行诗歌对话活动。在里斯本，我们留意到不少的古典意象的雕塑，包括诗人贾梅士的雕像，相对来说，还是用佩索阿的形象来创作的雕塑多。佩索阿，作为一个很早就离世的诗人，他在里斯本的传播远超我们的想象，一些卖旅游纪念品的商店、书店、咖啡店、画廊，到处都有佩索阿各种生动的形象。闻名的巴西女郎咖啡馆，其露天茶座就安放着佩索阿的坐式雕塑，仿佛一个活生生的佩索阿就坐在那里写着书信，给广场文化带来丰饶的瞬间。

在里斯本，黄家龙看过佩索阿不同的塑像，包括陶艺等造型，佩索阿的形象已了然于胸。黄家龙说读过很多佩索阿的诗歌，为他所创造的七十五位"异名者"着迷，佩索阿自己本人并不是自己，自己就是一个群体的组合，自己是自己的同者，又是自己的异者，因此佩索阿也成了生命不同时刻存在的方式，仿佛一生都在文字里追寻失落的身份。"一直在原地徘徊的雕像既为佩索阿，亦非佩索阿，恰如其以各个异名者的身份写作一般"，我感觉到黄家龙在里斯本街头遇见一个微微低头走自己路的佩索阿，他既是自我的怀疑，也是自我的对抗。佩索阿，他应该是一个痴人，谜一样的人，他的写作是一种痴人说梦的状态，所以雕塑家黄家龙把佩索阿痴迷在自我世界的形象还原出强烈的文学性，还伴随着透露出一些亲近感。八个雕像一组，黄家龙一共做了三组二十四件佩索阿雕像，从面部的具象到中间状态的非清晰化再到抽象，他处理了不同"踱步者佩索阿"，就像回到文本中发现不同的佩索阿。对于创作佩索阿雕像来说，更多时候，黄家龙不是观察，而是去感受，感受他文字里神秘的气息，感受他平凡小职员而又在文学里"我的心略大于整个宇宙"的一生。在塑造一尊佩索阿的雕像时，黄家龙把佩索阿的一条腿设计成断了的样子，我以为黄家龙有两个方面的意思，一是走路时小腿抬高了，从某个角度是看不见的，另一个是佩索阿疾走的意思，还有就是契合了佩索阿是一个隐形的文学巨人的形象，他的许多作品都来自幻想，是无中生有，所以面目抽象的佩索阿更接近他的"心灵分身术"这一身份，完成了"不动旅行者"的形象。作为异名者的踱步者，佩索阿在雕塑家那里随之而来的是时空的迷离、不确定，但分明又在抵达他文学的城堡。

其实，黄家龙不是第一次给诗人塑像，之前他已经给贾梅士、庇山耶等葡萄牙诗人造像。从写实的贾梅士、庇山耶到抽象的佩索阿，我看到了黄家龙在为诗人塑像上的巨大天赋。诗是想象与热情的语言，用在雕塑的身上也是贴切的。我建议黄家龙何不把葡萄牙诗人的群像造出来，比如贾梅士、卡尔内罗、艾丝班卡、安德拉德、萨拉马戈、安德雷森、托尔加等诗人。因为热爱而为诗人塑像，从塑像这个审美渠道让更多的人了解到诗人的作品与思想，黄家龙不仅仅在向伟大的佩索阿致意，更是在寻找解开真实世界诗性的钥匙。毕加索说过一句话："比起绘制一幅杰作，那位画家是什么样的人更重要。"对于"本质上不在场的佩索阿"，黄家龙诚恳地还原了未曾来过澳门但又"在场的佩索阿"的文学肖像，为美丽的澳门增添了灵魂的风景。

"翡"想者和他的"睹石"之旅

"凌晨在白云机场候机时,服务员几乎都下班了,我们被安排在一个小地方等待缅甸包机的到来。每一个去买翡翠的商人都带着一把特制的手电筒,在这个黑夜里,大家好像要趁着月黑风高去干一件大事。包机在凌晨三点终于可以起飞,一路颠簸到了缅甸新首都内比都。内比都还没有建民用机场,飞机好像停在一个军用机场上。我们刚下飞机就被赶到一间房子,由持枪的士兵看护着。缅甸人随便搬一张桌子就当作入境的海关了。"这是许鸿飞描述的第一次跟一拨"翡翠佬"去缅甸淘翡翠的经历,很刺激。

缅甸的翡翠交易市场远远看去像一个体育馆,里面有一个足球场那么大,不同品种的石头由铁丝网围着构成不同的区域。翡翠交易是富人的事业,单是入场门票就要一人一万欧元(可用来抵货款,后来升到一人五万欧元),不是谁都可以进场去交易的。尽管门槛很高,但还是人山人海,稀有之物总是让人变得疯狂。

听许鸿飞说，缅甸的翡翠交易原来在仰光，后来搬到内比都，作为新首都，它需要大量新项目。内比都最初的翡翠交易市场条件简陋，没有遮阳的棚，交易者汗流浃背地在阳光下选择宝石。雨季没来之前，几乎每天都是猛烈的阳光，这就是为什么我们看到满街的女孩儿在门口叫卖各种草帽。但到了晚上，就变得清凉起来。"东南亚的天气多变，一时艳阳天，一时倾盆大雨，雨下来，大家就狂奔去躲雨，像走兽一样散开，一会儿又聚集到一起。"许鸿飞说。

一、翡翠以外的缅甸

缅甸是世界上佛塔最多的国家之一，你的眼光很难逃离各式各样的佛塔。我们开车去内比都，车刚离开仰光的郊区，就看到绿油油的田野上分散建着几尊佛像，金光灿灿，在绿色稻田中异常醒目。我们在仰光的日子也入乡随俗，素心进到大金塔去看看，看僧人礼佛、诵经、静坐或用膳。许鸿飞对东南亚文化很感兴趣，他说，古代的艺术都源于宗教，只是当代艺术越来越远离古老的宗教文明的滋养，敬畏之心也就少了。

当然，缅甸也不总是佛教生活，它也有淳朴的乡村生活。缅甸不像中国城市化进程那么快，即使是仰光这么大的国际城市，也还是一个被农村包围着的旧首都。从旧首都到新首都之间的三百九十千米路程里，中间只有一个小镇模样的休息站。

我们租的缅甸小车在像高速又非高速的公路上奔跑，两旁偶尔出现各种经济作物，更多的是长满杂草的荒芜土地。

我们去的时候非雨季，而雨季时疯狂生长的植物，此时在骄阳的暴晒下，日渐枯萎。尽管很多土地荒废着，但那些隐藏在荒草下的土地有一天将焕发出新的气象，就像缅甸的民间艺术，溢出的是生命的记忆。在一个村庄里，我们就遇见传统陶艺的作坊。制作陶艺的大多是女性，她们手艺娴熟，表情专注，用模板拍打出陶瓷上的花纹。

我们在乡下行走时，遇见的都是一些或朴素、或木讷、或热情的缅甸乡下人。与他们合影时，他们皮肤黝黑，露出的笑容极为纯朴。他们甚至用木船载我们去看水上的人家。水上的人家一贫如洗，但他们还要养很多孩子。也许这就是东南亚人的生活。

缅甸还是一个保持着农耕文明的国度，这里很少看见机械化的劳作。牛车是在缅甸乡下最常见的交通工具，可能跟20世纪70年代的中国农村也差不多吧。坐在牛车上的许鸿飞在颠簸的泥路上告诉我，他想起童年的时光，生命深处的文化记忆被唤醒，在异乡那份心境尤为真切。

内比都作为新城市建在平原上，但看起来不像新首都，倒像一座巨大的度假村，或者像欧洲新兴的小镇。城市的建筑都很矮，以别墅为主，视野开阔。人口很少，商业气息很淡，更谈不上浓郁的人文氛围。更令人惊奇的是，通往缅甸国家政府的大马路异常宽，一边就十七个车道，够气派，但路上几乎没车。

仰光就不同。作为旧首都,仰光的人文积淀很深,城市车水马龙,少数外国人夹杂在多数缅甸人之间,显得很有趣味。仰光让人印象深刻的除了寺庙多外,我也意外发现有不少基督教堂和天主教堂。在没有来缅甸前,我以为他们全民都信佛教。其实,西方文明早已随着伊洛瓦底江流向缅甸的广阔土地。仰光另一个醒目的特点就是树多,到处都有碧绿的树,或高或低,或茂盛或疏朗,给人行走在园林中之感。

也许,在仰光散步是不错的,但坐公交车就辛苦多了,缅甸的公交车都没有空调,夏天像蒸笼一样。

在一个彩霞满天的黄昏,我们到仰光皇家湖公园游玩。那是休闲的处所,湖边有一些本地人,也有外国人在菩提树下喝茶、聊天、听鸟鸣。皇家湖是一个小鸟天堂,鸟声不绝于耳。黄昏时分,百鸟归巢,飞翔的身影倒映在水中,分外好看。皇家湖最出名的是在湖上建成的鸳鸯船,也称卡拉威宫,是一个饮食和娱乐的地方。鸳鸯船的设计像一个宫殿,似乎是某个帝王的行宫。到鸳鸯船上去用膳必须提前订位。那天,我们去得早,很幸运地订到座位,但没到当地规定的用膳时间,他们不会把客人请进去。这有些像我们在意大利都灵的遭遇,没到规定的用膳时间,饭店不提供饮食的服务。好在皇家湖周边环境漂亮,散散步、看看风景、照照相,时间也就过得快了。

卡拉威宫已经是一个很商业化的地方,在进入"行宫"的通道上,两旁是穿着民族服装的缅甸少女,脸带笑容迎接客人，如果跟她们合影，她们会显得很大方。当然，最受欢迎的是坐在大堂上专门给客人往脸上涂 THANAKHA 天然化妆品的少女。叫不上名字的少女，十七岁的样子，单纯、热情，眼睛含笑。她用一种名叫 THANAKHA 的树皮，研磨出乳白色汁液，用手指涂到客人的两边脸颊。在缅甸，使用这种化妆品已有漫长的历史，据说它有美白、清凉、防晒的作用。街上的男女老少都涂着 THANAKHA。

晚餐是自助餐，有各式缅甸菜，出名的有茶香排骨、香草鸡胸汤、椰香黑鱼什么的，有些很美味，有些我们的胃口也适应不来。缅甸出产菠萝、芒果、香蕉等水果，许鸿飞念念不忘一种叫"盛得陇"的芒果品种。他说那实在是佳果。所以在鸳鸯船上吃到芒果做的甜点也就有美的回忆了，但对于喝惯美式咖啡的许鸿飞来说，那里的咖啡就太普通了。

在卡拉威宫用膳的另一道"菜"是上演传统的缅甸戏剧。缅甸戏剧源自古代拜神敬佛的活动，形成于 15 世纪阿瓦王朝年间，分阿迎、木偶戏和缅甸剧三种。缅甸传统戏剧与我们古老的地方戏有某些相似之处，但还是感到他们的唱腔、舞姿、剧情过于单调，节奏缓慢。缅甸至今还是一个缺少现代艺术建设的地方，当代艺术、先锋艺术在这里很难觅到踪影，更看不到他们在国际艺术圈上晃动的身影。

二、对"翡翠"的非分之想

许鸿飞每次描述去缅甸买翡翠总有意犹未尽之感。我很好奇,他是如何与翡翠结下不解之缘的。他说,之前并没有想到翡翠跟雕塑之间有什么关系,有一次,他的一个做翡翠生意的老乡林耐拿着一块翡翠找到他,问能否设计成艺术作品。许鸿飞欣赏着翡翠,它原来坚硬无比,可以让钢铁黯然失色,却又温润细腻,质地通透,泛着水汪汪的光泽,美意诱人。翡翠通透润泽,七彩斑斓,鲜艳动人的色泽隐藏着大自然的美。如此天赐之物如果变成有灵魂的艺术品就好了。

许鸿飞意识到,翡翠是雕塑的新材料,而不仅仅是长久以来被当成工艺品的东西,他决定用翡翠来创作新的雕塑,在思维方式和设计上来一个转换。就这样,在朋友的帮助下,许鸿飞踏上缅甸的寻宝之路。这也就有了初进缅甸的懵懂和忐忑、艰辛和欢愉。那是一段秘境之旅。

从来没有参加过翡翠石头拍卖的许鸿飞,在这方面一点儿经验都没有,以为在原价的基础上加上十倍应该没问题了吧,但谁知有些石头别人竟都有下百倍的价的。

第一次的体验对于许鸿飞来说是终生难忘的,他正赶上缅甸翡翠成为"疯狂的石头",各路来买玉的豪客云集,缅甸航空开出专机到白云机场接客。凌晨三点出发,天亮了正好进场拍玉。当天许鸿飞就选好了自己的石头,余下的事情只好委托朋友去办，因为酒店爆满，在内比都找不到住处，当夜赶到三百九十千米以外的仰光寻找落脚地。后来，再去缅甸，情况已经有很大的好转，翡翠交易场所更为人性化，内比都的酒店也没那么紧张了，但顶尖的翡翠，也就是老坑玻璃种的翡翠越来越少，或许没有放出来拍卖。

我对翡翠所知甚少，在许鸿飞的感染下，我也慢慢地去了解翡翠文化，试图看到其自然性，看到它与自然连接的部分，看到物外的寓意。对于东方人来说，对玉的认识肯定深刻于钻石。中国民间认为玉有吉祥如意、招财进宝、祈福驱邪、健康长寿之寓意。在漫长的岁月里，玉的演化一日甚于一日。翡翠则是玉石之王，与钻石、红宝石、祖母绿被誉为宝石家族的四大名石。翡翠进入中国的历史并不长久，有明代传入之说，也有清代传入之争。翡翠真正兴起是晚清之后的事。由于皇家贵族的喜爱，翡翠的地位节节攀升，民间也开始认识到翡翠的稀世之美、典藏之贵、养生之用，如此达官贵人就会千方百计想获得它。在内地玉材匮乏之际，随着东西方文化交流渐盛，外来的翡翠开始登上中国皇家珠宝殿堂。就这样，翡翠成为高贵身份的标识。很多人觉得翡翠可以传世，成为传家宝，所以倾其所有去买翡翠的大有人在。将其作为高级礼品送人的越来越多，所以翡翠就变得珍贵起来，也流通起来。

但少有人把翡翠视为艺术作品去审视，去端详，去收藏。当翡翠不是工艺品而是艺术品时，它会是什么样的情态呢？许鸿飞考虑的是如何从翡翠的俗世文化中衍生出新的美学。自从认定翡翠是创作的新材料之后，他几乎天天谈翡翠，思考着如何把翡翠石材变成真正的艺术作品。有一回，许鸿飞途经曼谷回国，住在半岛酒店。下午他喜欢去喝半岛酒店的下午茶。半岛酒店就坐落在流淌的湄南河畔，午后的阳光让河水泛出金色的光芒，而过往的船只在繁忙地穿梭着，带给人们城市流转之感，跟缅甸的内比都相比已是两个世界。此时，阳台上的小鸟也欢快地鸣叫着，仿佛远道而来跟我们聚会一样。许鸿飞说，多可爱的小鸟啊。话音刚落，没想到小鸟已跳到台面上来，吃我们剩下的点心。

回广州后不久，许鸿飞就创作了一件两只麻雀相随相爱的作品，很是生动，而灰白色调的翡翠正吻合了小鸟的羽毛。翡翠雕塑跟别的材料不大一样的地方，在于构思作品时，对原料的颜色、质地、纹理，包括存在的缺陷都要做一个整体的把握，如此才能发挥材料和想象非凡的结合力。

许鸿飞在缅甸拍卖场看中了一件墨绿相间的翡翠，黑白相间的条纹和散开的墨绿斑点，让他一下子就想到做青蛙最合适了。最后塑造的不止一只青蛙，而是公在上、母在下，两情相悦的一对青蛙。这个作品情态逼真，造型丰美，十分活泼。

也许是心思在翡翠的身上，一年多的时间，四进四出缅甸的许鸿飞也就慢慢变成翡翠专家了。他跟我们说，缅甸的翡翠公拍场有两种：一种是明拍，就是拍卖师开出底价，买主举牌叫价。明拍的往往价格很高，所以多数玉商参加暗标。一种是暗标，就是玉商在标单上填上自己选中的石料，开出自己愿意给出的价码，卖家综合买家的价位，最后公布价高者中标。这种暗标也有缺点，就是标价低了，选中的石料会落空。但如果志在必得，开高了价，其价值也就不菲了。只有买错的，没有卖错的，缅甸翡翠拍卖从来都不是一桩亏本的生意。

"所以民间有买者如鼠、卖者如虎之说。这正是翡翠让人疯狂的地方，它可以使一些人一夜之间平地暴富，而一些判断失误的人顷刻破产。"许鸿飞喜欢谈翡翠的奇闻趣事。

他还知道决定翡翠价值的因素是翡翠的"种"和"地"。他说，"种"的一般内涵是指它的透光度；"地"指的是除却颜色之外的底子部分的纯净度。种和地就这样成为翡翠结构致密、细腻的程度及透明度的高低。在翡翠交易场，许鸿飞用灯光照着翡翠跟我说哪些是玻璃种，哪些是冰种。他说玻璃种肉眼无法分辨，需要借助光才能看到矿物质结晶颗粒细微的形状，是否玉质纯净，是否水色充盈。

老坑玻璃种的翡翠是绝世好翡翠，许鸿飞自觉买不起，不过欣赏起来也是一种安慰吧，因为许多从事翡翠生意的人，一辈子未曾见过一小块就价值过亿元的翡翠原材料。尽管不能买回最名贵的翡翠，但上好的翡翠因为艺术家的创意和情感，经雕塑家的手变成翡翠雕塑作品后，它的欣赏和收藏价值陡然升高，就不一样了。

在我看来，许鸿飞是第一位够气魄对"翡翠"有非分之想的人，他是一位真正的"翡"想者，因为他想到的不是靠翡翠去赚多少钱，他想到的是用翡翠作为雕塑材料，从而打破雕塑材料的想象空间。我把许鸿飞称为"翡"想者，是想入"翡翡"的想，也是匪夷所思的"思"，正是这样的"思"和"想"，雕塑艺术才拥有了新的自由。

了不起的文学行当

2013年8月，黄永玉的九十岁画展在国家博物馆举行，11月7日至19日，黄老带着"我的文学行当——黄永玉作品"在广州图书馆与读者见面。这之前，"我的文学行当"已在上海展出，王安忆、焦晃等名家纷纷出来捧场，读者在撤展那天还狂奔而至。在中国，如此这般叫卖"文学行当"的并不多见。这么一个时刻，黄老先生梦幻的文学想象附在结实的文字上，它反馈给我们的是那些逝去的时光在重现，它教给我们的是原来生命可以这样持久地富于激情。

一、他只相信文学给的自由

"文学行当"是作家李辉命名的。黄永玉很是信任李辉，在他看来李辉是文化界著名的吹笛人，李辉的笛声吸引着他。而李辉认为黄永玉先生是画家，是创作丰富的诗人、作家，只是他的美术影响盖过了文学，他期望通过自己的呼吁能把读者的眼睛引向黄永玉的文学。文学同绘画一样，也是可以看见的。就这样，他在上海、广州、长沙吆喝起"黄永玉的文学行当"。黄永玉曾说过："文学在我的生活里面是排在第一的，第二是雕塑，第三是木刻，第四才是绘画。"在他眼里，文学的价值更高于视觉的艺术，那里才是心灵最高的舞蹈，是自由的世界。黄永玉写文章有时写到深处，或大哭或大笑，如此情性，正是因为他的内心永远洋溢着初始的天真烂漫和未受限制的自由。黄永玉说，他只相信文学给的自由，不相信别人给的自由。

1924年8月9日，黄永玉出生于湖南常德，数月后随教音乐的父母回到家乡凤凰县。1937年，他小学毕业后离开凤凰县，8月入厦门市集美区的初中学校读书。黄永玉原名叫黄永裕，1946年，他的表叔沈从文建议他改名为黄永玉。从十六岁起，黄永玉用文学与艺术参与了这个世界的一部分。1943年，黄永玉开始在江西赣州的《干报》发表诗歌，并给叶圣陶、艾青等作家、诗人画插图。与作家、诗人走近了，文学自然也就成为他生命中的一部分。事实上，从文学上延伸出来的路是宽广和无限的。若干年前，有朋友这样描述黄永玉与朋友们之间的来往："1947年，从夏到冬，周六、周日，在上海热闹的马路上，黄裳、汪曾祺、黄永玉三人时常结伴而行，他们要么去巴金先生家，要么去咖啡馆、电影院，要么干脆就在马路上闲逛，漫无目的地看街上风景，兴致勃勃地评说天下，臧否人物。三个人普普通通，不显眼，不夸张，大概谁也不会想到，要好好地看上他们几眼，除非有人能预测到三个人后来在中国文化界的特殊影响。"没有理想和生命热情之间无限的接近，就没有后来的黄永玉，他的勤奋和向身边的大家学习的态度成就了他。纵观黄永玉走过的路，他走的是一条自我教育的路，一条另外觅得力量的路，一条从四面八方吸收能量不断丰富自己的路。从民国到新中国成立后那些年头儿，这一路他遇见的大师就有李叔同、丰子恺、齐白石、夏丏尊、徐悲鸿、梁思成等，这些大师们的人格力量和真性情影响着青年黄永玉。多年后，黄永玉老先生写这些逝去的大师身影，他们就汇聚成为私人的文学艺术记忆和缩影。

文学也可以展览，而且展示得更为盛大和有启示，它是：太阳下的风景、比我老的老头、罐斋二重唱、流不尽的无愁河。其中"太阳下的风景"，在时间的脉络里让人看到黄永玉一路走来的文学创作途径；"比我老的老头"取自黄永玉的一本书名，书中回忆了他与沈从文、汪曾祺、巴金、黄裳等多位师友交往的人生片段；第三部分"罐斋二重唱"则用图文来思考人生，包括知名的《〈水浒〉人物》等；最后一部分"流不尽的无愁河"，则是黄永玉在《收获》杂志上连载的小说背后的故事，这些故事连绵不绝，是人生素材和心念的重新梳理。

《华夏诗报》总编野曼先生得知我们要办"黄永玉作品朗读会"后，他跟我回忆说，早在1943年，黄永玉已为他的诗歌作木刻插图，也给彭燕郊、端木蕻良、陈敬容、聂绀弩、郭沫若、冯雪峰、郭小川、邹荻帆、艾青等诗人画过插图。在当代文学领域，为众多诗人、作家的作品雕刻木刻插图的，黄永玉是绝无仅有的一个诗人兼艺术家了。每次去野曼老师的家，我都会欣赏挂在他家客厅的那张黄永玉的动物画，活泼又有生命的张望。念及旧情的野曼老师跟我说："20世纪40年代，黄永玉在我香港的家中住过将近一个月的时间，我们之间无话不说。这次出版的《黄永玉全集》中，他还多次提到我。他在广州的作品朗读会，我一定会捧场。我看到他在上海朗读会的名单，有很多名家朗诵，礼孩你也要多请名家来支持。"我说，黄老喜欢跟年轻人交往，这次的朗读阵容就由青年诗人和青年朗诵家来组成吧，此外，我还会邀请到著名文学评论家谢有顺教授来主持并点评，相信也是一份惊喜。雕塑家许鸿飞说黄老喜欢广东的南音，朗读会申请到古色古香的陈家祠举行，应是心灵安静下来的好地方。古老的建筑遇见现代的声音就是一种风格，就是活着的表达，文化在此就成为一个可以观赏的去处。

二、我到底不是诗人

往日并非完美，但人生的意义在于经历，在于积淀。无论积淀美德，还是友谊，都会带来历久弥香的境地。黄永玉老先生是重情义之人，这次一到广州就去看望比他老的野曼老先生，久别重逢的喜悦让他们聊起年轻时候的文学往事，也谈起往后的文学计划。黄永玉老先生还邀请野曼老先生去北京他万荷塘的家住。我突然明白了黄永玉老先生为何要写《比我老的老头》这本书了。他们是存在于世最久的诗人朋友了，他们的记忆都散发出火光，仿佛回到那个纯真、理想和希望并存的时代。九十岁后还有这样的友谊和活法，那是一个让人仰望的世界。友人，旧岁月，新生活，一个诗人狂想的旅程，正是生命中绵延的美意让黄老的文学行当中多了美谈，多了快意的人生，多了亲切的时光。

诗人是那种把自己的影子像砌砖一样砌进时代之墙的人，面对不幸，诗歌就是最好的见证。1970年至1971年，黄永玉独自一人在河北农村中央美术学院"五七干校"劳动，日子不好过，爱无所依托，苦闷的黄永玉常常躲在被窝里创作，其中长诗《老婆呀，不要哭》是在手电筒的灯光下完成的。"……向光阴致意，/ 一种致意；/ 一种委婉的惜别；/ 一种英雄的、不再回来的眷恋；/ 一首快乐的挽歌。/ 我们的爱情，/ 和我们的生活一样顽强，/ 生活充实了爱情，爱情考验了生活的坚贞！"其诗淋漓尽致地抒发了诗人的时代忧伤和茫然，却又透露出硬朗不屈和对未来的信心。爱就是诗歌，就是抚慰，爱让诗人走出精神的荒野。1978年后，黄永玉先生的写作多了一份自我的省察，"一列火车就是一列车的不幸"，这样的诗句就是一种反抗，就是对把坏命运强加给人民却又把明天拉向深渊的嘲讽。黄永玉先生始终凭着兴趣去创作。一个人经历了人间的沧桑却又不肯放弃理想，不愿意让灵魂枯萎，他就会建筑出一个创造者的殿堂。

1981年，他的诗集《曾经有过那种时候》出版，之后的一年获得中国作家协会举办的"第一届全国优秀新诗（诗集）奖"，同时获奖的有艾青、邵燕祥、流沙河、舒婷等人。尽管获得很高的荣誉，但黄永玉忘不了自嘲："人，也应该有个清醒的时候。我到底不是诗人。诗人不是你想做就做得到的。人之患在好为人'诗'。"黄永玉先生的可爱在于他的幽默，幽默和俏皮都是生活的智慧。他说到了老年不再想当诗人，只想像一个账房先生那样，小心地做一些忧伤的记录。

三、我要慢慢地写到人心里去

人的一生就像荡秋千，在痛苦和无聊的最高点上来回飘荡，文学记录的真是人生这一状态。黄永玉先生的文字记录他感性的人生，思考得很有见地："小时候，走几十里来看磨。磨经过很多运动，磨圆了，磨光滑了，跟人生的经历一样。看着轮子不停地转呀转，重复不停地转，像历史、生活一样，又像灾难一样，人生的欢乐都包含在内。有时轮子走到你面前，感到它很沉重但又没有危险，从面前滚过去，像一个大时代。"有生命性情的散文才会触及尊严和疼痛，长篇散文《太阳下的风景》写的是他的表叔沈从文先生，此文布满生活的痕迹和气息，散发出能动的痛楚，是惆怅，也是光亮。故乡思维是黄永玉文学行当中的一个压箱秘密。在《太阳下的风景》中，黄永玉这样写道："跟表叔的第三次见面是最令人难忘的了。经历的生活是如此漫长、如此浓郁,那么色彩斑斓;谁也没有料到,而恰好就把我们这两代表亲拴在一根小小的文化绳子上,像两只可笑的蚂蚱,在崎岖的道路上做着一种逼人的跳跃。我们那个小小山城不知由于什么原因,常常令孩子们产生奔赴他乡的献身的幻想。从历史角度看来,这既不协调且充满悲凉,以至表叔和我都是在十二三岁时背着小小包袱,顺着小河,穿过洞庭去'翻阅另一本大书'的。"在文字中寻找乡愁,它朝向心灵的故乡,重获逝去的时光,如此一来都变成精神的还乡了。

黄永玉写长篇小说,在作家当中也是一个稀奇的例子。早在 20 世纪 40 年代,黄永玉就动笔写长篇自传小说《无愁河的浪荡汉子》,但都是写写停停,直至他八十五岁又续写,如今才完成并出版第一部《朱雀城》。此小说从 2009 年开始在《收获》杂志连载,而且是边写边连载,这也给了黄永玉创作的压力和动力。尽管写作工程浩大,但他一点儿也不马虎。对此,黄永玉有自己的认识:"对于真正的文学作品,不要诅咒它,不要骂它,要怜悯它,我要慢慢地写到人心里去,希望把它写完。我仿佛看到沈从文、萧乾在盯着我,要是他们看到会怎么想?因而有很多时候我需要改写。"

黄老说得谦虚,实际上,他不守规矩、我行我素。这也是他的文学行当中珍贵的一粒珍珠。记得黄老说过:"我不懂文学规律,写起小说来提纲都没有。画画也不打稿,我是个外行,是界外的人,所以胆子特别大。"转念,他又说,"胆子大并非艺术,也没什么了不起,我胸无大志,作品马马虎虎,只是劳动态度还过得去。论劳动态度牛比我好多了,所以也算不上什么长处。"有胆识才敢打破规矩,这就是长处。作为一个老顽童,他属于有趣又黠慧之人了。遇见先生意味深长的文字,遇见他绵延的文化乡愁,遇见他机智幽默的人生,也是一种宽慰吧。是的,黄永玉老先生是一个"深在的自我"。

  余生也晚,有幸在不同的场所见过几次黄永玉老先生,即便与他坐在对面一起吃饭,但很少去打扰他,只是静静听着他说的各种趣闻。有缘感受老先生的气息就够了,也不需要合影或者索求签名什么的。在我看来,遇见他繁多的作品已是遇见他对社会人生的另一种讲述方式。不过说起来,与黄老多少有些许缘分,这与广州雕塑家许鸿飞有关。许鸿飞是我的朋友,他与黄永玉是忘年之交,他们相遇时双方的年龄都有不一般的意义。有时候,黄老来广州,许鸿飞会叫我去他的"石磨坊"坐坐。许鸿飞的"石磨坊艺术馆"收藏着黄老近十年来在广州创作的水墨作品和书法,其中强烈地叩着我的心扉的,是黄老以荷花为题材创作的大画。其画底部蓝色的荷池中的荷花盛放,厚重、神秘、有力,而上方飞过灰色调的群鸟,大写意的笔法,把自然的魅力呈现出来。整个画面气势充溢,是寂静的谛听,也是大声的颂扬,更是生命纯粹的燃烧。画荷花画得如此大气的,实在是难得一见。

四、绘画里流露出来的文学想象

黄老八十八岁那年，我有幸现场目睹了他创作一张大画的过程。黄老把绘画视为快乐的事情，这让我想起他的表叔沈从文说过的："艺术，它的作用就是能够给人一种正当无邪的愉快。"黄永玉延伸了他表叔的文学精神，他在艺术里颂扬一切与他同在的人类的美丽与智慧。他画画时叼着烟斗，悠闲自得的样子，看起来很轻松。他从宣纸的中部开始勾勒，先是用粗的笔画树的枝干，然后改用小的毛笔勾勒线条，那些或直或弯或钩、时快时慢的线条慢慢地蔓延开来，笔墨所至之处仿佛带来纤细的风。有时，我会想，黄老绘画里流露出来的文学想象，是一条河流拐了弯的诗性表达。观黄老画画如看先民最初捏泥巴捏出栩栩如生的造型，生命时时处处都洋溢着一份突然降临的美感。情性就是人生，就是顺流而下的美德。晚年，他生命的河床更开阔，奔流得更为欢畅，生命之歌相互融合，抵达新的高度。作为一个寻觅者，黄老在时间河流的维度里追寻超越时间的东西。

千百年来，无论是艺术或文学的疆场上，都是千军万马过独木桥。黄永玉老先生把人生视为一万米长跑，如果有人非议，他就跑得快一点儿，这样，那些声音就在身后了。个人的奋斗具有普遍的价值，他带给生命新的期许，带来少见的传说。

世上触动人心的还是人的造化。开始于艰难，忠实于艰难岁月，不迷恋于荣誉，创作总是从停顿的地方重新出发，这是怎样一种令人唏嘘的人生。观看黄永玉老先生"我的文学行当"，有恍如隔世之感。如果此时美术是别处，文学就是此地，文学与艺术就这样融合辉映着他的一生。由此，他有了气象，心性的自由达到沸腾的光辉顶点。先生了不起的人生行当是如此丰饶，他要把这些从岁月中得来的"行道"源源不断地典当给未来的时间，典当给一辈辈的读者，典当给渴望精神滋养的人间。

我们在此相遇

"某些地方的某些时刻,看上去微不足道,却带着奇异的生动和清晰,印刻在我们的记忆中",班维尔的《时光碎片:都柏林记忆》让我想起一些地方与城市。世界是一个偌大的地方,但有时似乎的确小得令人起疑,这是因为有时候记忆只落在一件小事上。前几天,我参加了艺术家曹斐的"回到南方吹水会",从大南方说到小南方,说到我们身居其中的迷幻南方,感到世界就在此间脉动。

改革开放以来的珠江三角洲,成为当代中国叙述的发生地,而粤港澳大湾区被命名后,作为经济发达之地,再次被赋予新的可能性。"数月来,我们一直沿河而下 / 直到它分成密集的航道,/ 岸突然迫近,绿褐色的污点 / 伴着少数渔民在细流间——"英国诗人西尔泰什来过珠江三角洲,可惜他的《绘制三角洲地图》写的是别处,但不妨碍我介入进来。我想去三角洲走走,随意选择地点,比如前海、南沙、横琴,去感受那里的小南方,看旧与新之间的转换,感受日与夜之间的变化,体悟人与物命运的流变。这小南方的地理，蕴藏着永不结束的故事。

说起来，前海、南沙、横琴我都去过，不过印象里都有些模糊了，唯有关于文学的还残存一些记忆。多年前，广州一位作家搬到前海居住，之前一城的朋友变成了两城，见面就变少了。空间加深了记忆与友谊。我们偶尔去前海看望这位作家，谈他的作品，聊大家的生活，也会说说前海这个地方。前海在时间里发展起来，未来对标的是国际一线城市。过去漫长的岁月里，我们总是被灌输明天会更好的观念，但生活未必是这样。朋友的妻子生病了，当下的生活成为他的困境。我们唯有安慰朋友，生活总是短暂与艰辛，但也会有时来运转的时候。前海，有山有海，植物茂盛，坐在朋友家阳台，看着夕阳一点点消失。我们读波兰诗人米沃什的诗歌《礼物》："如此幸福的一天。/ 雾一早就散了，我在花园里干活。/ 蜂鸟停在忍冬花上，这世上没有一样东西我想占有。/ 我知道没有一个人值得我羡慕。/ 任何我曾遭受的不幸，我都已忘记。/ 想到故我今我同为一人并不使我难为情。/ 在我身上没有痛苦。/ 直起腰来，我望见蓝色的大海和帆影。"我们寻找前海的时间节奏，鼓励朋友把前海作为南方的一个持续的复杂经验呈现出来。21世纪20年代的前海，文学是见证的好方式。生命只能用体验的方式去丰富，作家因之总是把情节引向别处，他有能力改造命运，就像前海的发展，其潜力就是等着希望的发生。

南沙离广州市中心有点儿远，去一趟得有充分的理由。

朋友在南沙买了房，院子的水果熟了的时候，他就约大家去品尝。南沙之于我的记忆是百香果的味道。朋友一个人住在那里，说没有人打扰，利于写作。他的居住有点儿像作家伍尔芙可栖居的世界，有一份孤独与静默。一日将尽，我们还在南沙谈文学，也许诗歌适合为一天来收尾。后来，我再去南沙，是广州报刊社在南沙办培训班，邀请我过去做讲座，讲的是我办杂志的经验及国际诗歌奖的一些启示。南沙，显然是一个文学气息欠缺的地方。文学艺术一直在大城市的中心，但有时候也未必，法国的戛纳是一个小镇，他们就把电影节办得名满全球。事在人为，梦想与行动必须走到一起去。无论是前海，还是南沙，在经济发力的过程中，文学与艺术是给空间的馈赠。具有国际威望的城市，博物馆、美术馆、文学馆、图书馆、咖啡书店等文艺空间是城市永在的往昔，因为美感就是不曾更改的力量。

横琴是珠海的，也是澳门的，这双重的地址仿佛更有空间的想象力。自从澳门大学进驻横琴，横琴的身份一夜之间发生了变化。澳门大学有一位诗人姚风，他每次开车拉我从海底隧道去横琴的时候，瞬间有点儿时空置换的感觉。人才汇集的横琴为人瞩目，人才培育它新的精神气象。有一次，我去横琴，拜访艺术家梁蓝波教授，他是澳门大学设计中心的主任。他的"墨道东西"探讨时空的秩序，也寻找水墨的自然之道，是记忆、梦想和未来的融合。梁教授是从美国回来的，说明横琴这个地方有吸引他的魅力。在工作室看他的绘画及书法作品，还有他学生的作品。与他们交谈，感到横琴被激活了。每次从澳门望向对岸的横琴，看到建筑与灯光渲染出来的梦想痕迹，就希望它是活力的存在。有一回，我在澳门大学做一个关于澳门文学的讲座，就谈到这个话题，城市文学的高度要高于外在建筑的高度。横琴，未曾有过遥远的光芒，如今，它仿佛从时间里解放出来，免除旧意识的束缚。

"我们相信，巴黎一个晚上流传的笑话，比起整个德国一个月流传的还多"，法国小说家司汤达这样说，就像横琴、前海、南沙，它们相似又不同，一个紧挨着另一个，联合起来比巴黎城还要大。什么时候这里美妙的故事比巴黎多，我们就在此相遇了。构想其实是灰色的，但文学的天空常蓝。当我们的心灵连成一片，我们绘制的珠江三角洲的文学就有不一样的草图。

一条异质混成的文艺之街

阳光穿过树叶斑驳地照着草地,十九路军陵园的茅花随风微微摇晃。十九路军陵园选址在水荫路,是风水使然还是别的什么不得而知,但埋着抗日战士忠骨的陵园让水荫路充满幽思的味道。

多年之后,有一群舞者来到这里排练。20世纪90年代刚开始,中国第一个现代舞团在水荫路成立,没有场所排练的时候,舞者们就到陵园里排练,年轻的身影在此律动、奔腾。再后来,现代舞团的舞者们以十九路军抗日的史实为创作背景排过一出现代舞,为国捐躯者生命慷慨的激情在舞蹈中有了燃烧般的告慰。

水荫路是一条起伏着舞蹈记忆的街道。很早的时候,舞蹈之足已踏上这里。广东舞蹈学校、广州艺校及省、市歌舞团的到来让这条街道奔腾着舞蹈的情影。对于热衷现代舞的广州人来说,没有来过水荫路看现代舞,自然还谈不上是铁杆粉丝。进入20世纪90年代,广东实验现代舞团如巨大的磁铁吸引着无数内心充盈着自由梦想的现代舞者狂奔而来,几乎每一周,舞团的"黑匣子"剧场都有各种现代舞演出。他们当中除了舞蹈艺术爱好者,还有大学生、诗人、作家、编导、媒体人、摄影师等。

20世纪90年代初,我刚毕业到广州歌舞团工作,住在歌舞团里面。每逢周末就有很多朋友来水荫路找我玩。后来才知道,他们都是假借看我之名来偷偷看美女的。有时候,路过排练厅,我也会驻足观看,眼睛总会被那些青春的躯体所吸引。美好的事物就是永恒。多年后,我们常常谈起朋友们趴在窗口看里面美丽的女舞者排练的情形。如今的舞团还在,但精神层面上却显得破落,在水荫路上,你很难再遇见桑吉加、邢亮、刘琦这样出色的现代舞演员或编舞家了,偶尔能见到的是到水荫路来买舞蹈服或租演出服的陌生美女。水荫路因为是广州舞蹈的基地,聪明人就在这条路上开起舞蹈服装店,后来越开越多,便成行成市了。

水荫路的季节总是交替着,有激情四溢的国际现代舞周,也有广州话剧团的全国大学生话剧节。因为星海音乐学院位于水荫路附近,也因水荫路驻扎着广州交响乐团、广东民乐团、广东影像出版社、中国唱片广州分社、天天音乐书店、和谐琴行等多个跟音乐有关的单位,这里也交织着不同声部的音乐之歌。当年,许多红极一时的明星常在这里出没,只是风起云涌的广东流行音乐也雨打风吹去。令人意外的是,周末的时候,在20世纪80年代已解散掉的广州京剧团居然飘出京剧票友们吹拉弹唱的古韵今腔，令人有恍惚之感。

在水荫路风云流散的艺术家中，画家算是走失得比较少的一个群体。广州画院藏身于水荫路，使得这条街不仅仅飘拂着化妆的胭脂气和奢靡味，也多了一些笔墨情怀。广州画院的几十位画家，他们在高悬的画布或展开的宣纸上留下浓烈或雅致的笔墨，跃动在水荫路的视线里。现在，一些青年画家又在琢磨着成立"水荫路艺术小组"，试图从水荫路再出发。

水荫路也是一条诗歌的街道。十多年前，后来被誉为"中国第一民刊"的《诗歌与人》诗刊就诞生在这条街上。直至今天，很多外地来的诗人都会到这条路上进行诗歌的拜访。在某个时刻，不经意间，也许与你擦肩而过的就有一名诗人。事实上，这条路对于全国的作家来说都是不陌生的，因为中国最有影响力之一的文学杂志《花城》，三十年前作为文学梦想的种子也是萌芽于此。《花城》因为推出了中国最早一批"先锋小说"而被人津津乐道，很多慕名而来的作家会找到花城出版社出版自己的著作。如果是一些年轻的作家诗人拜访《花城》或《诗歌与人》，主人会顺便带他们到同样在这条路上的东风公园"如意画廊"看看画展，这间私人画廊常常举办各种当代艺术展或沙龙艺术。如果是晚上，也可能会到旁边的"喜窝酒吧"听听民谣。当然，这条街的私人沙龙还有广州画院内的"读影会"，每每在夜深人静，一众朋友品着意大利白葡萄酒，谈着大家喜欢的电影时，一种人文理想情怀的气息就回到大家的身上来。

一条街道有它的气息,也有它的命运。水荫路作为广州的文化地理之一,它是唯一异质混成的路,是精神流放的聚散地,在低调之处曾响起野性的呐喊。如今的水荫路再难重现往日的文艺时光,它血液中自由、梦想、奔放的气质在流失。在庸俗日子的冲刷中,二十多年前的水荫路与现在的水荫路是现实与梦的游离。

大陆南端的红蓝之境

一、水岸：大海和土地的剪影

徐闻三面环海，海洋包裹着这片红蓝丰美之地。涛声从海洋之心传来，它不是疾风骤雨，它是缓慢，是轻柔，是流淌，仿佛从海鸟的翅膀上送来的海浪之音。徐徐闻到的海浪之声，它让人心变得柔软，并生出寻觅之意，去寻找那些靠岸而生的南方风物。在徐闻，借助一颗没有束缚的心可以看见更多隐秘的事物。小时候，夏日站在高高的草垛上，看大海上的点点白帆隐没在天际间，内心充满奔向世界的遐想。夏日，在海水里打水战、拾贝壳、钓海鳝、追海马、看珊瑚花……最快乐的是到岛屿上去，去那里捡鸟蛋，摘相思豆，爬上椰子树摘椰子……你还可以带去一张网床，听着海的声音，睡一个蔚蓝的午觉。

离开那长长的海岸线，行走在云朵涌动的红土地上，遇见细小的事物，遇见追"坡神"（蜥蜴的一种）、掏蜂窝的小男孩儿，遇见割草喂鹅的小女孩儿，你也会生出停下脚步与他们聊天的欲望。你还会被一眼望不到头的菠萝园所吸引，这一片接着一片的菠萝园多像北方的草原啊。"菠萝的海"比之"波罗的海"更芬芳。

行走在徐闻的村庄、城镇，漫步于海岸线，徜徉于田园之间，接触土地上质朴的老百姓，我都有一种深深的感动。那是我的故土，那一草一木、一人一物都是我乡愁中的自然。

海洋文化和红土文明一起孕育了中国大陆最南端的徐闻，徐闻人要去秉承这蓝色的畅想和火热的性格，去书写属于我们的灿烂文明。唯有如此，我们才能赢得别人的尊重，我们行走于世上才有足够的尊严。

二、老建筑：沉默的时光

那些老去的建筑就像古典音乐一般，隔着岁月，隔着年华，似乎有些陈旧，有些寂寞，有些孤单，但当你走近它，它又多了几分沉香，几分亲切，几分感慨，你又看到它时光的纹理，听见似曾相识的旋律。时光雕刻的是历史的记忆和身影。徐闻，汉代丝绸之路的始发港之一，当年万帆云集，商贾来往，是梦想之地。那个年代，徐闻有过多少楼台亭榭已无从考究，如今只有那些散落在四野的残砖断墙是一种荒凉和寂寥，在讲述着一个个古远的故事。石头是有记忆的，岁月的风雨湮灭了无数个朝代，那些经过祖先挑选过的石头却还有着微暖的温度。抚物寻思，那一碑一坊、一楼一塔、一宫一寺、一砖一瓦都是旧时徐闻的轮廓，古灵精怪，散发出岁月的回声。古建筑不是无情物，回眸古建筑，就是寻旧书，访旧人，我们在那里寻得徐闻的前尘往事，寻得徐闻行得太远的足迹。要懂得先人的遗志，唯有追寻才有发现，唯有发现才有文化的传承，才有未来。

到徐闻，登登云塔，行走在一条老街上，感受它的苍茫斑驳，感受它的人情世故。老街，五味杂陈，它是寻常人生的气息，它是尘世开出的花朵，在它的花瓣上，读懂一个旧时的徐闻。

三、美食：味蕾上的舞蹈

食是人类永不消失的风景，食是一种感官文化。徐闻地处南方，气候宜人，物产丰盛，这为美食提供了殷实的基础。一个地方的文化性格，除了观察当地人外，通过饮食来了解当地人则是最好的渠道了。

徐闻人喜欢新鲜的食物，白斩的鸡、鹅、鸭，讲究原汁原味，而对山羊的做法却异常讲究配料和火候。糯米饼和八宝饭在徐闻家喻户晓，糯米饼过年时家家户户都制作，而八宝饭在结婚的喜宴上是不可或缺的。小时候，家里穷，母亲做的每道菜都好吃，遇上有人结婚所吃的筵席就如山珍海味了。童年，印象最深的是冬日村庄里举行雷剧演出，好像过节一样，我们小孩儿对雷剧演什么一点儿也不关心，只关心露天戏场边上临时自发建起来的美食档。虾饼呀、煎堆呀什么的，色香满眼，诱人不止。

这些年，我陪外地的作家、艺术家、学者到徐闻，他们对徐闻美食念念不忘。中山大学教授李炜先生说，他去过世界各地，徐闻独有的羊肉粥给他留下难以磨灭的印象。以我们到一个地方旅游的经验，找当地的小食才能品尝到最地道的美食，去徐闻品尝美食也是一样的，就在街头巷尾便觅得美味。徐闻美食，它不守旧，也不新潮，它只是合乎口味地变化，自然亲切。徐闻美食无贵贱之分，这正是市民社会饮食文化的健康之处。

四、人文：精神之光

一个地方吸引人除了风景的奇异之外，我看就是人文了。一个没有人文的城市是没有灵魂的城市。徐闻，一个古老的城邦，留下的是汉代以来的多个朝代的遗址，留下港口、码头、船坞、灯塔、古道、驿站的遗址。但我不敢谈徐闻有什么繁华，在漫长的岁月后，更多的古物灰飞烟灭。好在徐闻考古出来的文物在默默诉说着它不为多少人知道的历史。

徐闻，古代的南蛮之地，多少人来过去过，没有人知道。我们只记住汉代的伏波将军、宋朝的苏东坡、明朝的汤显祖等，这片土地留下他们不灭的足迹和永不消失的身影。踏足贵生书院，睹物思人，仿佛看到万历十九年，汤显祖先生在徐闻当典史时，见"其地人轻生，不知礼义"，与知县熊敏共捐贵生书院，宣扬"君子学道则爱人""天下之生皆当贵重"之观点。岁月远去，先生的远见依然是今日我们仰望的星辰，先生的人文精神穿越时空响荡在徐闻的天空。

南海之滨的徐闻，潮起潮落，岁月更迭，温暖我们心灵的是那片土地上诞生的思想、情怀和品格。唯有伟大的心灵才值得人们的尊重，唯有为生民谋利益的思想才为后世所敬仰。一个地方的前途，在于人民所受的教育，在于当地人所具有的文化格局。一个地方的伟大，不在于当地经济增长如何迅速，而在于人民具有什么样的品格。徐闻的可持续发展，离不开教育的投入，离不开人文精神的培育。对此，我们应有清醒的认识。在尘土飞扬的土地上，徐闻需要一份清丽优雅的人文之气来中和远古以来的粗俗之风。

徐闻，大地以南的水土，过往的苏东坡、汤显祖等大师的人文精神照亮过这片土地，那道光芒还在那里，为我们所珍惜。现在，作为后来人，我们要有自己新的人文精神，要有灵动的生命力和鲜活的思想。

陇 南 之 行

2008年5月12日汶川地震后我编了两期《诗歌与人》——《"5·12"汶川地震诗歌专号》和《"5·12"汶川地震诗歌写作反思与研究》,因为刊物的影响,一年后,我应邀去甘肃参加全国地震文学研讨会。之后,甘肃省文学艺术界联合会安排几个作家去陇南,看一年之后的地震之地,了解灾民的生活和他们的重建工作。我不知道自己能做点儿什么,也不知道此行会遇见什么。那镜头、图片和文字中的地震之地,它和想象中有多大的关系?对于不是个人自发的活动,我发现自己缺少高昂的热忱,但特殊的事件又让我对将要去的地方充满期待。等待我的是什么?我不知道。

进入陇南地段后,路就变得难走。地震之后,路还没修好,一路颠簸,车子时不时把坐在后面的我颠起来。外面灰尘漫天飞扬,一路都是建设工人。路大都建在山脚,它修起来难,想把路拓宽更难,但如此的修修补补,看不出建出一条好路的迹象。对于生活在大山里的人,顺畅的路是走出去的唯一通道。

车子不时停下来。我看到一个小男孩儿，有点儿像小学生，他看上去很脏，挥舞着旗子指挥着来往车辆。他在那个偌大的工地，显得极不协调。等我想把他拍下来时，他走远了。旅途困顿，到达目的地还不知道要多久。给我提神的是路旁一闪而过的豌豆花，它开得像蝴蝶，风吹来，它仿佛展翅高飞。

下午到了宕昌县哈达铺。当地的领导已在那里等了两个小时。随意吃点儿什么后，就去看当地的重建现场。一年了，之前倒塌的房子有的已经建好，有的刚开始建。看到灾民平静的生活比想象中的要好得多，内心有些许的安慰。也许我来之前把灾民的处境想象得更难一些。我知道我所看到的仅仅是生活的表面，底层的生活也只有他们才有体会。想到那个指挥交通的小男孩儿，心里就黯然，就想他的家也许就在某个坍塌的地方。

对于大多数生活在山顶上的老百姓来说，因为地震，他们得以从山上搬下来。他们说，如果不是这场地震，他们还无法改变世世代代住在山上的命运。地震后，当地政府把社会主义新农村建设和地震灾后重建结合起来做，那些生活在山顶或山腰的人得以搬到政府规划的小区，开始新的生活。以往农民的生活模式是，他们居住的房子离庄稼地很近，便于生产。他们搬下山后，每天还要上山干农活儿，时间和体力都消耗在上山和下山的路上。有些农民干脆把土地荒废了，他们想养猪，或做点儿小生意。相对于他们种胡椒、核桃、洋芋、药材、黄豆、小麦或退耕还林，养殖的成本和技术要求更高，养殖行吗？土地是农民的命根子，现在他们要荒废土地，开始另一种生活模式，等待他们的是什么？没人知道。我为他们忧虑。但农民自有他们的憧憬，有些事也许我太过于敏感。

来之前，我以为会看到地震之后留下的痕迹，但被安排去的地方并不像汶川那样的重灾区，也就少了一些内心的冲突。让我心起波浪的是去看了一间地震时坍塌的学校。地震发生的一刻，有一位老师在生死时刻，把一百多位学生唤出教室，就在最后一名学生走出教室的那一刻，教室坍塌了。一年之后，目睹当时情形的村民跟我们说起此事，还心有余悸。一年之后，这里已被推为平地，站在遗址上，我为命运眷顾了那些逃出劫难的孩子感到庆幸。听说去年这个时候，作家徐坤来采访过这所学校，回北京后，徐坤为这所学校捐了十万元。徐坤并非一个有钱的作家，但她捐出了十万元，这让人看到一个作家她的良知和爱。去看被徐坤捐钱的学校成为我们此行要去的目的地。这所叫明德的小学，由深圳援建，是一所新建起来的学校。孩子们在空地上上体育课。他们热闹的声音给山谷带来生机。学校的领导忙着接待我们。一个既上数学也上语文，还要上音乐的年轻老师递给我茶时，我想跟她聊几句，但她上课的时间到了，无法采访她。我去她的班，听她教孩子们唱歌，歌声嘹亮，穿越这5月的山谷。后来我才想起来，在整个蜻蜓点水式的访问之中，我一直都没机会进入一个人物的内心里去，一切都像风吹麦浪，只看到一片金黄，而看不到一株或饱满或干枯的麦子的清晰的形象。在陇南市，我遇见深圳来援助陇南重建的一个处长。当地领导知道我来自广东，专门安排我们见了一面。他说他来援建陇南快一年了，为了不影响工作，他把老婆孩子一家人都接来陇南。他说作为深圳人，他是怀着感恩之情来陇南的，他们在陇南援建的工作人员有一千多人。我们在陇南大地行走，一路见到的重建小区大都是深圳援建的。我被他感动，约他做一个专访，但他太忙了，坐了一会儿就走了。我们的车一个小时后也离开了陇南市。这位老兄身上一定有写不完的故事，但与他还是无缘，这是此行的一份遗憾。

这一路访问了十几个重建点，几乎是一样的，这大概是政府的统一规划。对于采访来说，没有特别之处，很难去抓住什么。文县尖山乡老爷庙村宋家坝社和寺坪社是文县第一批灾后重建重点村，该村共有六十六户二百二十九人，地震造成二百三十三间四千一百七十六平方米房屋倒塌，三百零一间六千零二十平方米房屋成了危房。我们到该村时，村庄已由深圳援建好，新村规划面积两万六千四百一十三点二平方米，有很大的发展空间。在这一个新建起来的村落里，我们遇见一些还没上学的孩子，他们在玩耍，看不出有多快乐。他们的衣服都有些旧和脏。一个神情忧郁的小女孩儿长得讨人喜欢，我给她拍了照片。村民看到有陌生人来，他们主动过来打招呼。地震后的一年来，有很多人来过这里，他们带来什么，也带走什么，他们习惯了。傍晚时分，我们还见到一群女孩儿，她们放学回家，看样子应该在读初中。她们聚在一起看着我们这群陌生人。我给她们照了相，给她们看时，她们笑了起来。多么美好的青春啊，她们给地震后的荒凉带来生命的活力。但愿她们长大后走出这大山，再回来回报自己的出生地。

甘肃的南部就是一个山的王国。多个县城受山势的影响，大都建在山谷之间，有压抑之感。生活在这样的山里头要想走出去，是多么艰难啊。虽然我自己的故乡也在非常边缘的祖国大陆最南端，但那里的交通和通信还是比这里好一些。也许因地处边远，这里的好山好水还没为多少人所知。我们的车从兰州出发，刚进入陇南时，远远地就看见雪山，这让我激动。已是夏天，我以为那不是雪山而是盐碱白山，高凯他们就笑我，说那是真正的雪山。美丽的雪山一直就在我旅途的视线里。有时候，我们会停下车来拍一拍雪山。后来只要雪山出现在我们的视野里，他们就说，看，黄礼孩，白色的山又出现了。在宕昌县，我们抽空去看了官鹅沟，一个自然风光奇特的山水，叫人流连忘返。在成县，同样有优质的旅游资源，听说康县的山水也是一流的。陇南虽远，但山水很美。如果是因为美，陇南绝对不是边缘而是中心。如果这美为更多的人知道，更多的人到那里去，将会带动当地的经济发展。灾后重建的访问，我想不仅仅是去看农民的生活重建和心灵重建，还有对当地文化资源的发现，写写那并不为多少人知道的地方，也是作家的工作吧。在他们人生的艰难之际，多种存在资源的利用，也许能帮上当地的人。但也许更多的时候，这只是我们的良好愿望而已。记得一个夜晚，我们夜宿宕昌县城，夜听澎湃的白龙江，想起西蒙娜·薇依说的，"唯有注视我们的局限和我们的苦难，才使我们处在更高的层次上"，但愿我们的苦难没有白白让我们去承受，而是从中获得超越。

即使对于文化，我们这种走马观花式的访问，也很难获得更深的认知，所得的只是一些感性的、表面的印象。对于经历了生与死的村民，他们的悲伤和坚强，他们的诉求和希望，我所触及的也就更少了。一路带着这些杂乱的思绪行走着。车到成县，地势慢慢开阔起来，心情也跟着明朗起来。我们去看重建中的抛沙镇转湾村，这个点建得比我们一路看到的要好，这使得大家都高兴。晚上，在陇南师专，我们做了一个地震灾后访问见闻的讲座，学生们的热情很高，对灾后重建，他们也表达了自己的关注。这一群毕业后将走向陇南的山山水水教书育人的学生，他们对养育自己的土地怀着深深的感情。

汶川地震发生后，我想过去汶川，但一直没成行。没想到一年后来到了甘肃的灾区。我想，无论是四川还是甘肃，灾区的老百姓都是我们的同胞，他们的不幸与挣扎也是我们的，灾难不分彼此。这十来天的所见所闻深深印在记忆里。除了灾区的灾民，我们这个采访团也让我感到爱的温情。具有亲和力的团长、《中国作家》杂志的主编艾克拜尔·米吉提先生让我感到他少数民族所特有的激情和豪爽；诗人高凯先生幽默、善良；甘肃省文学艺术界联合会副主席张永基先生很平和，他最关心的是我们这一路的健康和平安，他偶露书法家的情怀；作家秦岭先生是甘肃人,他从天津回老家,他高涨的乡情感染着大家;《作家通讯》主编高伟先生是性情中人,他思考着什么,他说起他的朋友徐坤时我记得他动情的瞬间;记者金莹跟我较熟,一路交流着心得;甘肃文学院的两个姑娘跟我坐在车的后面,一路颠簸到灾区。这路上的点点滴滴都值得珍藏,最后在兰州分别那一刻,大家拥抱在一起。这趟行程于我还是一趟诗歌之旅。甘肃盛产诗人,在兰州见到的就更多,即使是边远陇南的几个县,都有自己的诗人。他们当中的很多诗人我都发过他们的诗歌,只是无缘见面。这一路,就遇见文县的小米、康县的樊樊、成县的蝈蝈等诗人。诗人毛树林先生是陇南的文学艺术界联合会主席。这一路他一直陪伴着我们。他说,地震一年来,现在还有余震,他每天晚上要很晚才能入眠。通过别的朋友,我才知道,他老家的房子塌了,到现在他还没有时间回去看过。他每天陪伴着全国来的作家、艺术家、记者奔走在地震重建的现场。回广州后,我常想起这些朋友的脸庞,他们是乐观的,也是坚毅的,在那样艰难的生存环境里,他们活出生命的热爱来。

　　远方有陌生的爱。虽然这一路没有多少真知的窥见,但这一路的忧虑、希望、无奈和安慰交替着,成为我人生学习的旅程。